かきがら

小池昌代

幻戯書房

目次

装丁　緒方修一
装画　水野里奈「From now on」（二〇一七　大原美術館蔵）

かきがら

がらがら、かきがら

静かな町に、旗が揺れていた。人の姿はなく、動いているものと言ったら、わずかな風に揺れるその旗だけだった。あれが室生さんの家だ。赤い旗を出しておきますからと、室生さんは言った。黄色い幸せのハンカチーフじゃあるまいし。最初聞いたときには、笑ってしまった。だけど実際、それを目にしたときには、どんな言葉よりも、赤が目にしみた。

わたしたちは生きている。生き残った。戦争があったわけではない。ただ、少し前の町とは、どこか本質的なところで、変わってしまった。それはこの町に暮らす人々が、変わってしまったということ。確かに町のメンバーは変わった。入れ替わった。幾人もの死者が出たのだから。終わったような言い方をしているが、まだ終わったわけではない。

街路樹の、どこかの木のなかで鳥が鳴いている。姿は見えないが声だけが聞こえる。あの鳥もまた、生き残った。今は戦国時代、と誰かが言った。敵はウィルス一つだけれど。その見えないウィルスの猛威で、いつ、自分が感染するかわからない。肺炎の症状が悪化した場合、そのうちの多くが命を落とすことになった。こんなふうに、死がごく身近に迫る時代に、自分が生きるとは思わなかった。目立った症状が表れない人も多く、誰がそのウィルスを持っているのか、わからない。誰もが自分と家族の身を守ることに終始し、少しでも、不調なところがあれば、自分が感染しているのではないかという不安に苛まれた。仮に感染している、と確信できたところで、簡単には医者にかかれず、ウィルス検査をしてもらうのも容易なことではない。

わたしたちの時代の、政治的な対立、経済格差、株価の変動や核戦争の危機、家族のもめごと、芸術の創造――つまりこの世のあらゆる物事が、命がおびやかされないという前提に立っていた。その前提は非常に曖昧で根拠がなく、なのにわたしたちは、漠然と信じていた。甘かった。こうなったからには、言語も文化も性別も貧富の差も超えて、協力しあわないことには、突破できない。それは誰がみても明白だった。

さあ、熱いうちに、と室生さんが促し、牡蠣フライの大皿をテーブルへ置く。もうひとり来るというおさななじみは、まだ到着していない。

うわ、見事な牡蠣フライ。くし切りのレモンと、そしてプロが切ったみたいな、極薄・千切りキャベツの山も。一人で用意したの？　大変だったでしょう。そう言うと、

「大変なことなんか、ない。誰かが訪ねてくれるっていいね。うちに来てくれるなら、どろぼうだっていい」

昭和の頃、聞いたような冗談だ。どろぼうよりひどい、とか、どろぼうよりもまし、とか。い

まは振り込め詐欺に始まる、手の込んだ演劇的悪党がいるから、単純などろぼうが暗躍していた呑気な時代がなつかしい。室生さんは、確かに昭和の生まれだが、それにしても、こんなことをわざわざ言うような人ではなかった。以前と人が違ってしまったみたいだ。

余計な脂が落ちてしまって、すっきりとした顔をしている。昔はお金と若い女が好きで、とてもわかりやすい人で、何か儲かることはないか、何か落ちてはいないか、いい女はいないかとキョロキョロしていた。みんな室生さんの俗人ぶりを、自分の俗度をはかるメータのように利用し、眺めていた。つまり、わたしたちは、大なり小なり俗人というわけだが、この人生というものにふりまわされているうち、精神が摩滅し、すりきれてきて、同じようにすりきれているボロ布のような精神を見ると、ようやくなぐさめられるというわけだった。

緊張と不安にも、慣れや飽きが来ることを身を以て知った頃、緊急事態宣言が解除になって、室生さんから、連絡が入った。牡蠣フライあるよ。食べにおいでよ。

みんなまだ、警戒を解いたというわけではなく、集まるときはこんな風に、隣近所、おずおずと少人数だった。訪ねる先の人間が、感染者でないことを信じる必要があったし、こちらが感染者ではないことを、信じてもらう必要もあった。自分がいつ死んでもいいと考えている人々のなかには、他人だっていつ死んでもいいと考えている人もいたし、政府など上から下りてくる命令を、端から疑い、反対する習慣を持つ人々のなかには、どうしてもこの騒ぎに真剣になれない人もいた。すなわち、死んでもいいから自由の方を選びたいという人々だ。しかしその場合、自分一人が死ねば済むというわけではなく、他者を巻き込むから始末に困る。

結局は、良心とやらを思い出すまでもなく、誰もが、自分のみならず、誰かのために、手を洗い、うがいをするという、今までやったことのないことをした。

時に、衛生感覚や危機意識の違いが、人間関係に微妙なヒビを入れることもあったけれど、いつか、この闇の長いトンネルを抜ける日が来ると、みんな漠然と信じていた。それがまだ相当に先のことだとしても、そのぼんやりとした希望がたとえ翌朝にはしなびてしまうとしても、絶望した次の次の日くらいには、また、根拠もなく、大丈夫だと思い、弛緩し、油断し、この状況じたいに飽きてしまい、そしてまだまだ死者が出ているニュースに危機感を募らせ、思い出し、悲しみ、用心深くなり。そんなことを、繰り返した。

勧められるままに、牡蠣フライを小皿に取り、ぎゅうっとレモンを絞る。ソースはまだかけない。続けて、二個、三個。口内に海が広がる。一瞬、遅れて、この国の海水汚染が頭をよぎるが、それもいっしょに飲み込んでしまうと、あとはもう、牡蠣を食すよろこびだけが、貧しい砂粒のように舌に残った。わたしは長生きをしたいというふうには考えたことがなかったが、若いころは、自分が死ぬとも思っていなかった。今は生きられるところまで、生きようと思う。

牡蠣の身は、ふうわりとして実に柔らかい。

ふと、「ふぐり」という言葉が思い浮かんだ。ふぐりって、あの睾丸のこと。睾丸だのキンタマだのと言うと、ピンとこないが、ふぐりと言えば、形状と柔らかさが伝わるだろう。貝類全般の生々しい形状は、なぜか、人間の生殖器を連想させる。しかしふぐりなどという古めかしい言い方が、いつ、どこから、自分のなかに入ったのかはわからない。

もしかしたら、あのときかと思うのは――以前、太宰治の「右大臣実朝」という中篇に感激し、鎌倉時代の歴史書『愚管抄』をのぞいてみたとき。そのなかに、「ふぐり」という言葉があった。源実朝が、兄・頼家のあとをついで鎌倉幕府第三代征夷大将軍の地位についたそのとき、頼家は伊豆の修善寺に幽閉されていて、入浴中、何者かに殺された。その殺され方はむごいもので、

「……頸に緒をつけ、ふぐりを取(とり)などして殺してけりと聞えき」とあった。

しかしふぐりを取るとはどういうことか。女のわたしに、その痛みは想像もつかない。なぜあんな殺された方をしたのだろうか。それはあの時代の普通の殺され方だったのか、それとも単に命を取る以上の、徹底的な存在の排除という意味合いを持つものだったのか。中世は乱世、実朝もまた、兄の殺され方を知って、次は自分だと思ったはずだ。「右大臣実朝」を読んで、孤独な詩心をもった実朝が、息子のように思え、気にかかった。

以来、実朝に興味をもって、彼の作った和歌などを読むようになった。実朝の木像が残っていて、見たことがあるのだが、その面影が、なんとなく、わたしが若いころに死んだ父に似ていた。少女のころ、入浴後の父のそれを、偶然見てしまったことがある。しなびたナスのようで、ショックを受けた。ぶらぶらと不安定、いかにも収まりが悪そうな袋。人間の形ってなんて無様で滑稽なんだろうと、処女ゆえの傲慢さで思ったものだ。今、あれを思い出すと、少し泣ける。父は

生涯、それを股間に隠し、ぶら下げながら、生きて死んだ。女のわたしには、ついにその憂愁を理解することはできない。

牡蠣を食しながら、変なことを考える。

そもそも、ふぐりから、最初に連想したのは、父のそれでなく、新鮮極まる赤ん坊のふぐりである。口に含んだことはない。触ったことはある。兄の子供がまだ赤ん坊だった頃、わたしは母親代わりとして彼を育てていた。兄と義姉が、突然、別れ、どういうわけか、兄の方が子供を引き取ることになったからだった。わたしは当時、赤ん坊など産んだこともない未婚の女だった。赤ん坊をどう扱ったらいいのか、わからなかった。そのとき、すでに両親はなく、兄は製薬会社の人事部で、夜遅くまで働いていた。

悪戦苦闘しているわたしを見て、兄が本屋から、松田道雄という人の『育児の百科』を買ってきた。岩波書店から出ていて、会社の同僚から勧められたと言っていた。ほんと、名著で、子供の気持ちになって、新米ママを励ますように書かれてある。あの本には心底、世話になった。

赤ん坊のおしめを替えながら、時に、かわゆらしい下半身に指が触れることもあった。赤ん坊の生殖器は、我が父のそれとはまるで違って、とてもきれいで、いつもみとれた。

その赤ん坊も、この春で高校三年になる。

わたしの子供ではない。甥、甥だ。育てたのは、小学校低学年の頃までで、わたしの結婚と同時に、兄の子は兄と同居し、わたしは預かっていた彼を、一見、平気な顔で手放した。月に帰るのはかぐや姫だが、兄の子を、わたしは、月に帰したような気持ちだった。もちろん今でも行き来はあるが、日常生活を送っていて、忘れたことはない。

「室生さん、ありがとう。美味しいです。すごく美味しい。こんなに大粒の牡蠣、食べたこと、ありません」

「岡山の牡蠣ですよ、瀬戸内海の。広島の牡蠣がベラボーに有名だけど、宮城もいい産地、続いて岡山」

「ああ、岡山」

「ええ、岡山の、うしまどちょう、牛の窓と書く」

「あ、牛窓ね」

「組(くみ)さん、知ってるの」

行ったことはないが牛窓は知っている。牛窓を舞台にした映画を観たことがあるのだ。オンライン上に昔の傑作選コーナーがあり、想田和弘監督「牡蠣工場(こうば)」の一作が紹介されていた。口にすると、「いい題名だな」と室生さんが言う。

「その映画、観たことねえけど、題名がいい」

そうなのだ。わたしもまた、何も知らずに題名だけで観た。果たして、牡蠣工場の日常を、たんたんと映し観察しただけの地味なドキュメンタリーだったが、モノクロームの画像から、静かで異様な迫力が伝わった。

牡蠣を養殖し、販売ルートに乗せるその方法は、時代を経るごとに進化しただろう。しかし「牡蠣工場」には、変わらぬものがあった。ここ千年くらいを貫通する、と言ってもいいような「人間の表情」があったのだった。登場する人々の、手指や顔の皮膚の皺に、牡蠣殻にも似た時間の層が、映り込んでいるように見えた。

それにしても、あの牡蠣殻！　なんてグロテスクな形状だろう。古代的な表情があって、一個一個違う。見飽きない。なぜあんな形をしているのだろう。なぜあんな形になってしまったのか。大量になると、かさばった物量感があって、迫力がある。そして、音。映画では人の声とほとんど同じくらいの扱いで、牡蠣の殻がぶつかり合う音を拾っていた。海の中から太縄に絡みついた養殖の牡蠣をふるい落とし、カゴの中へ開ける。殻と殻がぶつかって、激しい音がたつ。

また、別の場面では、身をむく「ムキ子」たちが、一列にならぶ作業場が映る。その手元へ殻付きの牡蠣が押し出されてくる。がらがら、がらがら、かきがら、がらがら。そこでも派手な、しかし孤独な音がたつ。

がらがら、がらがら、かきがら、がらがら。

牡蠣はそこにあるだけで、わたしたちの目をくぎづけにした。モノクロの映像も、牡蠣の殻のようで、瞬間を幾重にも積み重ねては時間の層を作り上げていた。

「けど、もう牡蠣も終わりだよ」

室生さんのその言い方は、まるで、わたしたちも終わりだよ、と言っているみたいだった。

「そう、旬も終わりですね。最後の牡蠣か、おなごりおしい」

おなごりおしい――うっかり口に出すと、何かほんとうに胸のなかから、波が引くように、彼方へと引かれていく感情があった。去っていったり、死んでしまった、たくさんのひとたちがいた。

がらがら、がらがら、かきがら、がらがら。牡蠣は黙っている。黙ってまだ生きている。身を剝かれるその時までは。

いまも収束のめどが立たないウィルスの騒動は、少しずつ場所を移しながら、世界中に蔓延し、累計すれば、おそろしいほどの死者を出し続けていた。ウィルス発生源と言われたのは中国の地方都市だったが、流行がどのようにして始まったのかは、わからない。コウモリから人へと感染が広がったらしいというのが表向きのニュースで、なかには人為的に作成された、生物兵器説を唱える人もいた。ヨーロッパから中東、南アジア、アフリカ、南アメリカへと広がり、多くの都市が封鎖された。各国ごと、現金給付などの経済対策が実行され、日本では、収入が半減したとわかれば、簡単な書類をそろえるだけで、商売を持続化するためのお金が支給された。それで真実、助かった人もいれば、ぜんぜん、足りない人もおり、また、もともとが売れないクリエーターなどは、自分は果たして請求するにふさわしいのか、これは公金搾取ではないかと悩んでしまう人もいて、悩むような自分は、そもそもクリエーターにふさわしくないのではないかとまで考える人もいた。株価は不安定で、上がり下がりを繰り返し、飲食店、派遣社員など、日銭が入ってこず、倒産、解雇も当たり前、その日の生活にも困窮する多くの人々がいた。生活に必要なものの流通をわずかに残し、人々の交流は遮断された。各国には、初めて聞く、「緊急事態宣言」や「都市封鎖令」が発令された。それでも町内を歩き、買い物に出かける人々の姿はあった。けれど普段、人が集まるようなところ、駅とか映画館、デパートとか繁華街からは、日毎に人の姿が消えていった。

人のいない東京。がらんとした、内臓のない東京。けれどわたしは、こんな東京を見たことがあるような気がする。知っているような気がする。夢だったろうか。それとも正月の時期だったか。あるいはそれは、昭和よりももっと前の時代だったろうか。人をごっそり抜いてしまうと、東京は血を失ったように青い貧血になったが、それで東京が東京であることをやめるわけではなかったし、それで廃都になるわけでもなかった。

がらがら、がらがら、かきがら、がらがら。牡蠣の殻が落下する音、あれは都市の、この世の、崩壊の予兆音だったのだろうか。

わたしはしばしば悪夢を見た。建物に行き着けたと思ったら、中に入れず、入り口が見つからず、ぐるぐるとそのまわりを回っている。あるいは入れても、めあての部屋がみつからず、内部をいつまでも、さまよい歩く。ときには虫一匹がようやく入れるかという隘路（あいろ）を、体をひらべったくして、何かの試練のように通り抜けなければならなかった。さっきもここへ来た、何度も同じところをめぐっている——苦しい夢だが、目が覚めると、忘れている。しかし、昼間、何かの拍子に、その夢が思い出される瞬間があった。わたしはまるで、過去にあったひとつの、確かな経験を思い出すように、その悪夢をくっきりと思い出す。するとそれは夢であるにもかかわらず、たしかに生きた経験だったと思われ、すると自分の生が、昼と夜、光と影、夢と現実から成る、二重のものであることがありありとわかる。昼間、その夢を、ふいにありありと思いだすときは、必ずしも、夢と同じような、「核心に行き着けない」という状況下にあるというわけでもなく、実になんでもない瞬間だったりするのだが、わたしの無意識が、勝手に動き出し、勝手に夢を思い出し、昼と夜、光と影のあいだに、通路が開く。重苦しいものが、いつも首の後ろを押さえつけていた。だが夢を見るから、生きていられた。夢を見なかったら、生きていられなかった。悪夢が現実を支えていたのである。

ふと気づくと、わたしはわたしの思いのなかにしずみ、室生さんも室生さんで無口になっていた。会話というものを手放してしまい、ひとりとひとりが、一緒にいた。室生さんは独身だし、わたしは義理のハハとの二人暮らしで、だいたい、普段から、静かな日常を送っている。気づくとわたしは植物に語りかけていて、人間と植物との境目を見失うこともある。今日は知人と話す、ひとと話す、久しぶりのチャンスなのに、何かとんでもないことを話し出すか、いきなり叫び出すか、そうでなければ、こうして何も言えずに黙っているしかないような気がした。

我に返り、思い出したのは、再び、牡蠣のこと。

「ね、子供の頃、ウチじゃあ、争奪戦だったわ。兄がいっつも一番多くて、わたしが文句を言ったら、母が一人五個とか決めて、各皿に分配する形式にしたの。大皿じゃ、けんかになる」

「え？　なんのこと？」

「牡蠣フライの話よ」

室生さんは、まだそこにいたのかというような、あきれたような顔をした。

「それでね、最大でも七個だったわ。それくらい、ご馳走だった。レストランなんかでも、わたしが行くような庶民的なとこだと、三つくらいしか、載っていない。ああ、いつか、大皿に山盛りの牡蠣フライを、お腹いっぱい食べたい、って、よく思ったものです」

自分で言って、いつの時代の話かと思う。でも嘘じゃない。昭和時代は、はるか遠い昔のようで、わたしのなかでは、まだ続いている。

「その夢、買ったよ。さあ、思う存分食べて」

「もう一人来るんだったよね。おさななじみの……」

「うん、遅れてる。その人の分は別に取ってあるよ。心配しないで。さあ、食べろ、食べろ、食べたいだけ」

そんなふうな食べ方をさせてくれるのは、母親の他よりない。室生さんは男性だが、母親のようでもある。いつまでも独身を続けているのは、室生さんにとってごく自然なことらしいが、女好きというわりに、室生さんは深いところで、女を嫌悪しているように見え、本当は、男の方が好きなのではないかとわたしは思っていた。それでもわたしは室生さんが嫌いでなく、室生さんといると、何か、心が軽くなって楽になる。油断して、そこに居ることができた。わたしはもう自分が、女でも男でもどちらでもよかった。もはや女ではなかったかもしれない。その証拠に、室生さんから、女として見られていない気がする。

室生家の食卓テーブルは、がっしりした造りだ。重厚な英国製アンティークで、胸に迫る案外な高さがある。小柄なわたしには、高すぎる。つまり、くつろげない。しかし、他人のテーブルとはそういうものだろう。テーブルの高低は、当然食欲にも影響しそうだが、いまは、牡蠣フライの威力で、テーブル問題は、ほとんど気にならなくなっている。

「お義母さんの具合はどう」

「ええ、ハハは、まあ、なんとか生きています。膝や背中に痛みがありますが、どうしようもないです。八十九ですもの」

痛みって、いくら想像してみても、ついにそのひとのもの。我が痛みにはならない。悲しみにも、そんなところがある。どんなにハハが顔を歪めたところで、それがどれほどの激痛かと想像しても、激痛という言葉だけが、カラカラと空回りして、わたしには届かない。

「スタスタ歩いていく人が憎たらしったらありゃしない」。そんな悪態をついていたハハも、この頃では、観念したのか、至極おとなしい。

「痛みに耐える能力には、個人差がありますよ。痛みが客観的な数値になったらねえ。おれの死んだオフクロも、大丈夫という割には、相当、痛そうで、結局、本音がどこにあるのか、わからないまま、死んじゃった。痛いだろうに、断固、車椅子を拒否してね」

「そう。あの世代は、忍耐力だけはものすごいものがあるでしょう。楽しよう、って思想がない。忍耐も、続けているうちに牡蠣の殻のように、人間の表面を覆って、一層、耐性がついてしまうんだと思うわ。痛みに慣れてしまう。だけどそれも、わたしたちの都合の好い解釈で、痛いものは、どこまでいっても、きっと痛いのだと思う。慣れるなんてことは、きっとないのよ。なのに、うちのハハも、何を聞いても、この頃じゃ、平気と大丈夫しか言わない。おまけに、どうもどうも、というのが口癖になっちゃって」

「どうもどうも……」

「お義母さん、そろそろオムツ替えたら？　ちょっと臭うわ、と言おうものなら、少し前だと、臭わないわよ、あんたって本当に失礼なヨメね、って、ものすごく怒ったのです。それがこの頃じゃ、どうもどうも……。まあ、そう言うわりに、おムツを替えるわけではないのだけれど。とにかくね、何に対しても、どうもどうも。膝も背中も相当痛い、おしっこもうんちも自分のコントロールをはずれて出てしまう。果てにどうもどうも、って悲しいですよ」

「死んだオフクロもそうだった。最後は緩むんだ。おれたちもそうなる。親父はすみません、すみません、と誰にともなく謝りながら死んだ。お袋も、悪いね、悪いねって」

「ハハは誰に見せるわけでもないのに、毎日、お化粧をしているんです。女は化粧するものだと強力に思っているのね。自分のためかしら、まさかわたしのためとは思えない。最後、くちびるの上下を、んぱっとすり合わせて、派手な紅をしっかり塗るんです。だけどそれが似合ってね。髪も自分でカーラーを巻いて、毎日、セットして。だからなかなかきれいです」

「目の方はどうだい」

「口にはしませんが、片目はもう、見えません」

ハハは薄暗い世界に生きている。

山のようにあった牡蠣フライは、わたしと室生さんとで、いつの間にか、食べ尽くしていた。わたしが七割で、室生さんは三割。子供のころから、個数制限されていたから、人がいくつ食べたのかについては、だいたい目算できる。室生さんは、わたしの夢をかなえてくれた。

そのとき、とんとんと木のとびらを叩く音がした。

「あ、柴田さんが来た」と、室生さんがばねのように立ち上がる。初めて会う柴田さんが、室生さんの後からキッチンに入ってきた。来るなり、「あ、今日は牡蠣フライだ」と彼女は言い、その顔は確信で輝いている。

「あたり」と室生さん。

「やっぱり」と柴田さん。二人の会話のやりとりは音楽のようだ。意味でなく、その波動とメロディが二重奏。聴いていると、なんだか心地よい。

彼女の片目は白濁していて、もう一方の目は深くくぼんでいる。そしてその声は、見える人のように確信的で、元マラソンランナーの、増田明美によく似ている。閉じているものを開く、聡明な声だと思う。

「牡蠣フライって匂うの?」

と室生さんが小学生のようなことを聞くので、わたしは家においてきたハハのことを思い出す。ハハは臭う。おしっこの臭いだが。オムツを通過した尿が、日々、衣服や椅子や座布団に縄張りのごとく、強烈な臭いをつけていく。ときどき汚した下着を、自分でこっそり洗っている。中途半端な洗い方だから、臭いは乾いても残り続ける。許せなくてけんかになったりする。ハハは風呂も嫌いだ。着脱が大変、足が痛いから、体を動かすのが面倒なのだという。手伝うといっても断られ、結局、それが臭いを増幅させるから、けんかの種になる。

そう、話題は、牡蠣フライの匂いのこと。

「山になった牡蠣フライが見える。でもそれは、わたしの来るちょっと前のことで、今はもうないわね。二人が食べた」

柴田さんの言い方は淡々としていて、責めるような調子ではない。見えているのではないか。歳はわたしと同じくらいか、きっと少し若い。顔のまわりだけ、白髪が囲んでいて、あとは黒々としている。

「在ったものが不意になくなるでしょ、そうすると、そのものを取り囲んでいたエネルギーが、動揺して、行き場所をなくし、束の間、そこにとどまるような気がするんです。不在のエネルギーは白熱しています。消失した物のエネルギーが空気を動かし、それが、かつて「在った」という気配を作り出すのでしょうか。何れにしても、いま在ることと、かつて在ったこと、未来に在るであろうことって、みんな空気感が違う。ものがなくなり、また皿が満たされるという運動に、わたし、魅せられています。笑わないでください」

わたしは微笑みながら、柴田さんが好きになる。在った、いなくなった、またそこに現れる人もいて、わたしは、死んだ人のことを考え、また目の前のことに戻る。

「先ほどの牡蠣フライも、本当に少し前まではどっさりあったんですよ。それが今は、空っぽ。あ、わたしがほとんど食べたの。でも、今から、柴田さんのための牡蠣フライを、室生さんが揚げて下さいます。皿はまた、すぐにいっぱいに満たされますよ」

「そうですか、ありがとう、室生さん、それから――」

「わたし、岡田といいます。初めまして」

「おれは下の名前で、組さんと呼んでるんだ」

「くみさん、どんな字を書くのですか」

「一組、二組の組です。そっけない名前です。久しく美しい久美さんもいますが、わたしはそうではなく――」

「組さんには、自虐癖があって。おれには組さんが、じゅうぶん、美しく見えるけど」

聞き間違いかと思って、自分の耳たぶをこする。じゅうぶん美しく、なんて、室生さんの語彙にはなかったし、だいたい、わたしはそうではないし、言われたこともなかったし、室生さんはやっぱり、前の室生さんではない。

でもこれほど、年を重ねてきて、不意に贈られた、美しいという言葉、うれしい。とてもうれしい。でも、

「美しくなんか、ないわ」と言う。

「そんなこと、ないよ。きれいだよ、組さんは」

「はい、そうね、わかります、組さん、心も顔もきれいな人。温度の低い、青い色を感じます。いま、名前の漢字を聞いて、青いジャングルジムが見えてきました」

「青いジャングルジム?」

「ええ、視力はありませんけど、色彩の波動は感じます。組という字がわたしは好きです。それじたい、清潔な建築物みたいで素敵です」

話しているうちに、だんだんと、わたしたち三人が、幼児のときから、ずっといっしょに大きくなったような気がしてくる。

「柴田さんとは小学校以来の友人なんだ」

「はい。組さん、よろしく。わたし、途中で視力を失いました。室生さんの子供の頃の顔を覚えています。今はどんなお顔になったのかしらって、時々、触って確かめるんです」

室生さんと柴田さんは、仲良くふふっと笑って顔と顔とを見合わせた。

室生さんはもう、仕事をしていない。疫病騒動のはじめ、倒産こそ免れたが、自分で始めたリフォーム会社が行き詰まったようだ。思い切って店をたたんだと言う。

「ほとんど廃業だけど、道具類は揃ってるから、個人的に、修理を請け負うくらいのことはやるよ」

まだ人を使って商売している頃、室生さんは、古い我が家の修理を丁寧にやってくれた。ネズミがいまだに出るので、困っているが、それをまだ、相談していない。

今日、初めて会った柴田さんは、長いこと、コピー機やファックス機の修理を担う会社で、電話受付業務をやっていたそうだ。きれいな声をみこまれたのだろうと思う。自動音声に切り替わったあと、あっけないくらい、簡単に仕事がなくなった。さらにその後の疫病騒ぎで再就職が絶望的になったそうだ。

「わたしは義理のハハをみながら、家仕事をしています。注文を受けて服を作ってるんです」

あるときにはあった注文が、このところ、すっかり途絶えている。家には着る人を見失った高級布地がたくさんしまいこまれている。こんな仕事をするようになったのは、そもそも実母が、仕立ての仕事をしていたからで、実母の父も、仕立て職人だった。わたしも子供の頃から、見よう見まねで、ミシンを踏んだり、手縫いを手伝ってきた。それはごく自然な成り行きだったが、近頃はしんどく、客もいない。しかし口には出さない。

「オーダーメイドって、考えたこともなかった。すでにある服に自分を合わせるのがわたしの人生だったから」

柴田さんが言った。その時、往来を叩く激しい雨の音がきこえた。透明なサッシを通して見ると、街灯に照らされた夜の町が、しぶきで白く見えるほどだ。

「雨よ」と言うと、「ずいぶん激しい雨ね」と柴田さん、「天気予報は、まったくはずれたな」と室生さんが言って、わたしたちは無口になった。急に絶望的な気持ちになって、このままわたしたちが終わってしまうのではないかと思う。三人のはるか上空から、雨はざんざんと容赦もなく降ってくる。なんという、暗い音か。

今日の午前中、わたしは、いよいよトイレットペーパーが家になくなったので、近所の薬局をまわり、ようやく一ダースのトイレットペーパーを見つけた。どこから見てもいつものトイレットペーパーだったが、手から離したくないほど、大事なものに感じられた。

それをさげながら店を出ると、見知らぬ小太りのおじさんから、おい、ばばあ、おい、おい、ばばあ、聞こえないのかと二度、三度と呼び止められ、わたしのことかとようやく振り返ると、おまえみたいなやつが、買い占めるからこっちが買えないんだと因縁をつけられた。買い占めたわけじゃないから、聞くだけにしておいた。そのあと、距離の短い小さな横断歩道を、車が来ないことを確認し赤で渡ったら、向こう側で待っていたおじさんに、おい、おい、赤信号だぞ、渡るなお前、と大声で怒鳴られた。反論はできないから、すみません、と謝った。わたしは今後も、安全を確認したのち、大丈夫だと思ったら、赤信号を渡るだろう。でもそれは、あのおじさんに言う必要のないことだ。

理不尽なことで怒られたり因縁をつけられたり。この頃、そんなことがしょっちゅう起こる。最初のうちこそ、言葉で言い返してみたが、反論する気を次第に失った。彼らの寂しさが、こちらに流れてきたからかもしれない。文句をつけ、怒ることでしか、人と繋がれる手段を持たない人がいた。わたしは何かと絡まれやすい。昔からだ。何か体から、顔から、絡まれ分子が出ているのかもしれない。

花粉やＰＭ2.5、放射能、ウィルス、見えないものが空気の中を漂っていて、そのうえに、こうして絡む人々、怒る人々もいた。彼らもまた、普段は怒りをしまいながら生きており、その感情も目には見えない。突発的だ。

あまりに理不尽なものごとに囲まれながら、しかしわたしは、忘れた頃にわいてくる、わずかな希望を、まだ胸に抱いている。希望とは、馬鹿者の持つ幻想だろうか。だが希望とは、祈るような無力なことではなく、願望でもなく、確信なのではないか。そう、確信だ。必ず、わたしたちはたどりつける。いまよりよき場所へ。いまだかつて、わたしたちがとったことのない方法をもって。

室生さんが冷蔵庫を開け、銀色のトレイを取り出した。そこに柴田さんのための、すでに仕込み終わった牡蠣フライが並んでいる。

やがて、しゅわしゅわ、ぱちぱちと油の跳ねる音がして、室生さんが、柴田さんのために、牡蠣フライを揚げ始めた。

柴田さんは室生さんの家に幾度か来ているらしく、手を洗ってくるといって立ち上がった様子や動きは、どこに何があるかを知り尽くした人のものだ。

やがて、たっぷりの牡蠣フライが再びテーブルを華やかにした。

すでにお腹の満たされたわたしと室生さんは、柴田さんが食べるのを静かに眺めていた。

室生さんは、ここが牡蠣の山、これがキャベツの山と、柴田さんの手をとって、皿に触らせた。レモンは絞ってしまうよ、と櫛形のレモンを歪ませ、自ら牡蠣の山に、たっぷりかけた。

その匂いが、リンパ腺を刺激して、わたしは泣きたいような気持ちになったが、そういうときほど、涙は出てこない。昔、誰かに恋をした。そして生き残った。ハハをここへ、連れてきたら喜んだろう。膝が痛くて歩けないハハは、あんた一人で、行っといで、と言った。言う前から、わたしは一人で行くつもりだったが、すみません、とハハに言った。

柴田さんは、ニコニコ笑いながら、器用に箸を使い、牡蠣フライを食べている。普段、人が食事している姿を、こんなふうに、不躾に眺めることはしない。いくら柴田さんが見えない人だからといって、平気で見ているのは失礼だ。失礼と知りつつ、柴田さんを、わたしたちが見ていたのは、見るというより眺めるという方が正しく、室生さんの心情はわからないが、少なくともわたしには、誰か、大事な人が、ものを食べているのを眺めていたいという気持ちがあった。昔、そんな風に、兄の子が食べるのを、わたしは見ていた。

柴田さんは、今日、初めて会った人だが、自分でも気づかないだけで、兄の子と同様、大事な人なのかもしれない。これからきっと、大事な人になるのかもしれない。

牡蠣フライがだんだんと残り少なくなって、あと、いくつありますか、と柴田さんが聞いたとき、残っていたのはちょうど三つだ。やっぱり柴田さんは、見えているのではないか。

「キリがいいね、一人一個ずつ食べよう」

室生さんがそう言って、みんなが一つずつ食べたので、牡蠣フライの、第二弾の皿も空になった。もう何も、話すことはない。そんな気がしたそばから、まだ話題は繰り出されてくる。空っぽの皿の中から。

「ねえ、牡蠣ってなんで牡(おす)と書くの」

今、気づいたというように、柴田さんが言った。柴田さんの頭の中の黒板には、牡蠣という字が白墨で書かれているのだろう。わたしは、牡蠣が、牡という字を持っていることに、言われて初めて気づいた。

話題は、牡蠣の殻から出られないというように、いつまでも、いつまでも、牡蠣の周りを回っている。

「不思議だよね。どう考えても、最初の出発のところで、誰かが勘違いしたんじゃないか。メスもいるのにオスだけってことになっちゃった。ああ、だけど、面白い話を聞いたことがある。真牡蠣は、一応、雌雄異体だけど、生殖の後、中性になり、そこからオスメスに分かれるらしい。

さらには年によって、オスからメスへ、メスからオスへと性転換するってぇから、驚きだョ」

「なんて自由なの。そんなこと、してみたい。男になったり女になったり」

見えない柴田さんの、くぼんだ目のあたりから、湧き水のように光が湧いた。

「なってみない？」とわたしの口から挑発のような言葉が出た。

「なれるかしら」

柴田さんが少女のように不安な声を出す。

「なれるわ、きっと。なりたければ」

「だけど牡蠣はね」と、再び、室生さんが、話題を牡蠣に戻しながら、

「移動はしないんだ。気に入った場所を見つけると、岩なんかに張り付いて、長いこと、ひとっところで生きていくって」

「へえ、そんな自由もあるのね。自由って、自在に移動できる人の特権じゃないのね。ひとつのところにいても、自由になれるのね」

柴田さんは、何か大きなことを発見したかのように、再び顔を輝かせた。

それからテーブルには、サラダボールに山と積まれた、とちおとめのいちごが差し出された。

「いちご大好き」

「わたしも」

少女同士のようなせりふをはくと、わたしたちが、もう子供も産めないくらい、年を重ねた女

だということが、手にとるようにわかった。わたしは子供を産みたかった。できなかったかもしれないが、子供を産みたかった。

「組さんに、実は、今日、立ち会ってもらおうと思って、こんなときだけど、ぜひ、来てほしくて」

「なんのこと?」

「ぼくたち、結婚することにした」

「え」

「ぼくと柴田さん、結婚することにした」


他県に単身赴任していた夫が、バイクの事故で死んだのは、二年前のことだ。子供がいなかったので、夫がいきなりいなくなって、わたしはものも食べられなくなり、うつ病のようになった。喧嘩もしたが、共に過ごした時間の中で、わたしは意外なほど夫にもたれかかっていたことがよくわかった。夫の死後、今度は、義理の父が肺炎で命を落とした。夫は一人息子、ハハにとって、家族と呼べる人間はわたしだけになった。わたしの両親は、もっと若いころになくなっているから、わたしにとっても、家族と呼べる人間は、兄と甥、そしてハハだけ。雨みたいにばらばらと人の死が降ってくる。

それまで別に暮らしていたハハの短い余生に寄り添うことを決めたのは、痛みを抱えたハハよりむしろ、わたしの方が弱っていたからかもしれない。面倒なことになるという予感はあったし、実際、一緒に暮らせば、ぶつかることは多い。むかしから、女が一つ屋根の下、暮らすのは難しいと言われている。しかもヨメと姑。間に立つ人がいないのだから、無理でしょ。普通。だけど、ハハとも、数年ののちには別れが来るだろう。

我の強いハハは、どこかにまだ、この家の主であるという意識があるから、最初は、料理の主導権をどちらが握るのかで、随分、嫌な思いをした。おいなりの作り方、ごま汚しの作り方、あずきの煮方、誰がやっても同じだろうと思われるものほど、ハハ独自のやり方とレシピがあった。砂糖の量がまず違う。ハハの世代は、びっくりするほど砂糖を入れて、甘いものは、くっきりと甘くという考えだ。わたしの味付けは、よく言えば薄味、ハハに言わせると、ぼんやりとした味。それは確かにそうだ。

しかしハハには、もはや対等に張りあうエネルギーはない。世の中には、いくつになっても、一人で生きてますっていう、りっぱな老女がいて、人に頼らない姿勢が尊敬されているけれど、自分ができないことを十分に認め、「やってもらえる?」とうまく頼むことは案外難しい。自分のなかで、敗北を認め解決をつけておかなければならないことが、いろいろある。ハハを見ていて、そう思う。老いは敗北ではないが、できないことは増える。できないことは負けることじゃない。なんだけど、わたしのなかでも、まだ、そのあたりの折り合いがついていない。ハハはわたしの未来でもある。

ある日の午後、ハハと暮らすこの家へ、兄の子が久しぶりにやってきた。手作りだというマスクをつけている。顔の大きさに比べ、マスクが、だいぶ小さめで、兄の子にぴったりあってはいない。少し会わないと、別人のようになっている。変化が大きい。がらがらと音たてて大きくなる。

「何年生になったの」

確か、高校三年だと思いながら聞くと、兄の子は「三年」と無愛想に答えた。元気がない。春はそんなものだ。ハハはこの子を、お兄ちゃんとよんだり、みのるくんと呼んだりする。本当はみのるではなく、農と書いて、「みのり」と読ませるが、ハハの頭のなかには、みのりという音がついにしみこまず、「みのる」で定着している。最初は、律儀に、みのるじゃなくてみのり、と直していたが、そのうち、みのるでもみのりでも、みのりは「はい」といい、わたしも訂正しない。

わたし自身、学生時代は、無口で友達が少なかったから、みのりに友達が一人でもいたらいいと、いつも、そんなことばかりを思う。

古い家だが、一部分はリフォームした。それでも、風が吹けば鳴るし、大きなトラックが通れば、グラグラ家ごと揺れる。地震が来たら、おそらく倒壊するだろう。ハハが老衰などの理由で死ぬか、地震が来て家が倒壊して、ハハあるいはわたしあるいは両方が死ぬか、いずれのできごとが早くやってくるのか、予想ができない。賭けられるものなら、賭けてみてもいいが、いずれにしろ、いまあるように見えている秩序は崩壊する。

兄の子は、この古い家が気に入っていて、用事がなくても、なんとなく、やってくる。何も用事がなくても、やってくる子は、なんというか尊い感じがする。もちろん、そんなことは、ハハにもひとにも言ったことはない。身内びいきみたいに思われて、ばかじゃない、と内心、ひかれるのが落ちだ。だけど、兄の子は本当に、小さいときから、うまく言えないのだけれど、ひとり、園庭や校庭で、あるいは近所の公園で、ぽつんと一人、いるようなことがあって、その姿に、不思議な色気と風情があって（まだ、幼児なのに）、なんとなく目を離しがたく、見てしまうという子供だった。貴種というか、品が良くて、超然としている。こんなことも、なかなかうまく、人には言えない。

兄の子の高校では、オンライン授業が長く続いていた。コーヒーが飲みたいというので、出してやる。その時、天井でゴソゴソという音がした。

「誰かいる！」

「まさか。ネズミよ。前に業者を頼んで、いなくなったと思ったのに、また現れたの。昼も夜もお構いなく、天井裏をゴソゴソ歩き回って困るわ」

「ふうん。おばさん、ネズミ嫌いなの？　なんでネズミを追い払うの」

虚をつかれた。

「だってさあ、病原菌を運んでくるし、ものをかじるし、絶対、台所に入れたくない。ゴキブリもね」

「カラスも、でしょ」

「それにハエも」

春四月。蛆虫から成長したまるまると太ったハエが、昨日も今日も、どこかで生まれ、どこからか入ってきて、この家を横断し、窓から出ていった。もしかしたらそのハエ、この古い家の中で生まれたんじゃないか。見たわけじゃないから、まだ言えないが、どうしてもその疑いを消すことができない。ハハには言えない。「あんた、あたしがそんな不潔ものを、この家で飼ってるっていうのかい」と対立を生むのが目に見えている。

けれど、常に、うっすら、動物の、はっきり言えば、ネズミの死骸の臭いのようなものが、この古い家には、いつも漂っていた。築六十年にならんとする家の、壁の中、あるいは天井裏でネズミが死んでいても少しもおかしくない。家に住みながら、その家の細部で何が起きているのかを知ることのできない無力感。ハハを助けるという名目で移り住んだこの家を、すみずみまで知り尽くしているのは、むしろネズミで、その次がハハ、そしてカーストの底の部分を支えるのが、このわたし。つまりわたしこそが、この家の居候というわけだ。

ハハは言う。「あたしも若いころは、害虫や害獣と必死に戦ってきたものよ」。雨戸をしまう戸袋に、鳥が巣を作ってしまったときも、掃除機で巣の素材を吸い込み、巣を破壊したそうだ。ひながいたかどうかを、聞けなかった。ネズミ、ゴキブリ、カラス、ハエ。ネズミ、ゴキブリ、カラス、ハエ。お経のように唱えてみても、わたしだってそこから愛が湧くことはない。家を守る女は闘士であり鬼であり殺戮者。そんな者のいる家に、よくぞ、男たちは、やすらぎとかを求めて、帰宅できるものだ。

わたしはゴミにたかるカラスを、いつも威喝（いかつ）する。足ふみ鳴らし、こらっとおどしつける。人が見たら、カラスと戦う女は滑稽に見えるだろう。人によっては恐ろしい女と思うかもしれない。ゴキブリは、スプレーよりもむしろ、見かけ次第、熱湯をかけるなどして排除する。自分の闘争心が恐ろしい。残酷さもわかっているが、ネズミ、ゴキブリ、カラス、ハエだけは好きになれない。そこはハハと組める。

この家に越してきたばかりのちょうど一年くらい前、家のネズミをなんとかしたくて、ネットで見つけた「マッキー害獣駆除会社」に電話をした。ハハはこの家に、もうネズミなどはいない、と言いはったが、やってきた調査員に、「いや、おばあちゃん、いますよ、この家には。ふんがあるもの」と言われて、おとなしくなった。ネズミにどことなく似た風貌の男だった。ネズミを追いかけていると、ネズミに似てくる。わたしももうすでにどこかが、ネズミになっている可能性はある。ネズミ顔の男は、最初にこう言った。

「わが社では、ネズミ捕獲用の粘着シートを用意して、ネズミを捕まえますが、同時に餌もまきます。我が社特製の餌を食べると、ネズミは、だんだんと目が見えなくなるのです。それで、光を求め、最後、明るいところへ出て死にます。始末ができないような、暗いところで死ぬことはありません」

だんだんと目が見えなくなる。その時ばかりは、嫌いなネズミに「あはれ」を覚えた。光が次第に失われていく世界を、ぼんやりと想像すると、絶叫したくなるような絶望に囚われた。だが、それはそれ。わたしはその場ですぐ、駆除を頼んだ。

これには後日談もあり、ある朝、起きてみると、ネズミ男の言ったとおり、二匹の子ねずみが玄関脇で死んでいた。光明を奪われ、よろよろと明るい人間世界へ出てきたのだろうか。日頃は目に止まらぬ素早さで走り抜けるネズミも、死んだら動かぬモノと成り果てる。分厚い新聞紙で死骸をつまむとき、なかなかうまくいかなかった。それでも紙の厚さを通して、ネズミの「からだ」が指先に伝わった。おそろしい経験だった。わたしは五十年近くを生きてきて、動物の死骸を初めて処理したのだ。翌朝はしかし、気味の悪いことが起こった。わたしの腹一面、ちょうど、帯をしめたような具合に、ダニに食われた赤い斑点のあとが無数に広がっていた。風呂場の鏡にそれを映したときには、無言の絶叫が頭のなかにこだました。死んだネズミからの、刺し違えのプレゼントだ。やつは、黙って簡単には死なない。

兄の子は、うっすら風邪でもひいたように、静まりかえって、浮かない顔だ。

「何かあったの」

「この間、大変だったんだ」

「この間っていつ」

「ええっと、二週間くらい前」

「どしたの」

「最初は、お腹が痛くなって」

「それで」

「その痛みが、だんだん下に行って」

「うん」

「ついに、おちんちんがねじれたようになって」

「えっ、おちんちんが？」

「あの、正式には、いんのう」

「ああ」

「袋の方」

「一人だったの」

「学校がウィルス蔓延でずっと、やすみだから、だから一人。おやじは会社だった。実は前にも、同じようなことがあって、その時は、風呂に入って温めたら、治ったんだ。それで今度もきっと、と思って、昨日のお湯がまだバスタブに残っていたから、急いで追い炊きして入って温めたら、やっぱり、今度も、しばらくしたら治った。親父に言ったら、念の為、医者へ行けって言うから、近所の医者に行ったら、こういうのは、場合によっては、急を要することだからすぐに大きな病院へ行けって。だけど、病院は今、それでなくても混乱してる。どうなるかと思ったけど、長く待って、診てもらえて、それで、症状は治まっていたのに、実はそれから騒ぎが大きくなって、結局、そこからさらに救急車に乗ってK病院に入った。その道の専門家がいるんだって」

「あれまあ、ぜんぶ、一人でやったのね」

「一人だよ」

「大変だったねえ。こっちに電話すればよかったのに」

「そうか、おばさんのこと、忘れてた、おばさん、こっちに引っ越したから」

「引っ越しても、番号は変わらないよ。そういう時こそ、人を頼るんだよ」

「わかった。精巣捻転症だって」

「捻転症？　初めて聞いた」

「思春期に多いんだって。精巣の管がねじれて、精巣に血液が流れなくなってさ、手遅れになると、精巣が死んで精子ができなくなるみたいだ」

（ということは、子供もできなくなるんだな）

「で、もう大丈夫なの」

「うん、今後のために、手術もありって言われたけど」

「手術するの」

「嫌だ。絶対嫌だ」

「しなくてもいいものなの」

「医者は本人の意思に任せるって」

「それでいいの」

「親父と一緒に説明聞いた。自分でわかるんだ。風呂入れば治る」

「そんな簡単なものなの」

「大丈夫。思春期に起こりやすくて、その後は問題がないことも多いから。ただ」

「うん」

「陰嚢が痛んだら、ものを食べずにすぐ来い、と言われたよ。俺、爆弾抱えてるみたい。でも普段は忘れてる」

早く恋をして結婚し、子供を作りなさい。そう言おうとして、口をつぐんだ。子供って、はたで見ていると、なんでも早く、早くと脅迫みたいに言われてる。だけど、陰嚢が元気で、精子が自由に泳いでいるうちに、早く、子供をって、なんだかわたしが、あせってしまった。兄にも早く、孫ってやつの顔を見せてあげたい。ていうか、わたし、単に、赤ん坊を見たい。触りたい、あの、世界一、やわらかなものに。未来に。

わたしたちは、兄の子の持ってきたチーズケーキを三等分して食べた。

「おいしいね、これ、高かったでしょう。みのるくん、ありがとう」

とそれまで黙っていたハハが言う。

「大丈夫っす」

「手ぶらで来ればいいよ」とわたし。そして言う。「いつでも寄ればいいよ。寄りたいときに」。

わざわざ言わなくても、兄の子は、その言葉通りに、いきなり来るのだったが。

夕食は、家で親と食べるという子を、ひきとめはしなかった。ハハは帰りがけ、よぉ、頑張ったね、お小遣いだよと言って小袋を渡した。ハハにとって、血は繋がっていなくとも、大きな括りの中では、「孫」なのだと思う。本人がそう言っていた。「あの子は孫だ」と。

袋の中に、いくら入っていたのかは、わからない。

兄の子は、中身を確認する前に、まじ？　とつぶやき、ガッツポーズをして、助かる、と言った。お礼の言葉は短く、「ありあっす」と聞こえた。親父から、ウィルスを甘く見るな、きちんとおそれろ、バカ、と叱られ、バイトが禁止され、金欠に陥ったらしい。世界中の若い人間が、この疫病で死んでいた。

後日、兄に、「みのりが来たよ」と電話する。兄の子は兄に、自分の行動を、ほとんど報告しない。ただこの父と子の間には、言葉でない物質が行き交っている。電話で兄から聞いたのは、意外な情報だった。

「あいつ、どうも、恋をしたらしいんだ」

「へえ、それで」

「ところが、昨晩、いきなり振られたらしい。よくわからん」

「あんな素敵な子を振るなんて」

「あんな素敵な子？」

「そうだよ」

「お前にはそう見えるんだな」

「兄さんには見えないの？」

「自分の子を、素敵な子とは、そういう目で見たことはない」

「付き合っていたのは、どんな女の子なの？」

「珍しく写真見せてくれたけど、ごく普通っていうか、もっと他にかわいい子が、いっぱいいるだろ、ってくらい、普通の感じ。だけど、感性とやらがあったみたいだ。星とか月見るのが好きな子で。あいつはがさつで、空なんか見るようなタイプじゃないと思ってたが、いっしょに空みて、星みて、月みて、なんか、気持ちが一致した、らしい」

「月や星見て、恋を育むなんて、平安時代みたいだね」

「それが、どこでどうねじれたのか。いきなりだったらしい。あなたみたいな純粋なひとに、わたしみたいな女は無理、とか言われたんだって」

「複雑な恋だね。女のコのほうがウワテかな」

「そういう感じだな」

「ねじれたといえば、おちんちんがねじれたって？」

「ああ、そうなんだ、あいつ、言ってた？」

「ええ」

「よく、自分から言ったねえ。その子とまだ、うまくいきそうな時だったから、よけいに何としても、局部の手術は避けたかったんだろう」

「そりゃあそうだろうね、うん」

「手術して、ねじれないようにしたら、今後の心配はなくなるだろうが、心情の問題としてナ、ちんちんにメスが入って、タマが固定された、ってことになると、男の場合は、そういう煩悶が、顔に現れる。思い切ってどうも、その、できなくなるんじゃないかと」

「うん」

「傷はなおっても、心の傷が残るかもしれない」

「うん。うん。そりゃ、手術は避けたいワ、自然がいいよ。自然にねじれたなら、自然に元に戻るんじゃないって、わたしなんか思うけど、そんな簡単なものじゃなさそうだね」

　がらがら、がらがら、かきがら、がらがら。

頭の中で、そのとき、牡蠣の殻がぶつかる音がした。

恋か。あのちいさかったみのりが。

こんなときでも、日常は変わらず、自然も変わらず、生きているものは前へすすみ、死んだものは、断ち切られ、存在の形を変えて生きる。季節は、カレンダーの上では、春から初夏へ、夏へと向かっていたけれど、わたしには、長い長い春が終わらないまま、ずっと続いているような気がしていた。


それから少し経って、兄の家を訪ねた。兄の子の進級祝いを渡しに。ハハの気持ちも入っている。お赤飯も、作ってもっていった。

兄から聞いていたとおり、兄の子は恋を失ったせいか、腑抜けたようになってしまい、笑顔が消えて、途中で自分の部屋へ、かけあがって行ってしまった。いつもはだらだらと居間にいて、わたしとしゃべるのに。

たかが恋、というもので、わたしたちは、何を失うのだろう。わたしもかつて恋をした。そして恋を失った。そして結婚した。かつて恋をした人を、懐かしく思い出すことはない。が、忘れてもいない。夢中になった恋も、年月を経て、すっかり熱がさめてしまうと、わたしはなにか、とてつもない勘違いをしていて、まぼろしを見ていて、くずといってもいい男に惹かれていたのだと思い知った。当時の自分は、今の自分ではない。なのに、恋を失ったとき傷つき、その傷だけは、今も癒えたというわけではなく、なんとまあ自分でもあきれるが、傷は傷のまま、残っている。どんなにクズ男だと認識していても、傷ついたことは確かなのだ。ずっと傷が癒されないと言えば、よほどに好きだったんだろうと思われそうだが、そうではなく、むしろ、あの様な男と共に青春を過ごしたことを、時間の無駄だったと悔やんでいる。今や憎んでいるといってもいいくらいなのだ。正確に言えば、その様な男を好きになった自分自身を憎んでいるんだけれど。

心の傷は、一度、肉が裂けたら、裂けたままなのだとわかる。そして恋というものが、何かをわたしたちから、ごっそり奪ってしまった、ということに、今更ながらに驚くのだ。

いきなり、別れを告げられたらしいと兄は言ったが、人はいきなり死ぬし、人はいきなり別れを告げる、告げられる。わたしもそうだった。人はいきなり去っていく。だが、いきなり何かをした、そのことだけで人を責めることはできない。見えているのは、いつも、いきなりという「今」で、ものごとが起こるのは、すべてその「いきなり」という局面だが、そこに至る道は長く敷かれている。

わたしは兄から、兄の子の失恋話を聞きながら、兄の子が保育園の卒園式で、一人、壇上に立ち、歌を歌った姿を思い出していた。兄の子はみんなのなかから選ばれて、歌を歌った。保育園を代表するスターの様に名誉なことだった。だが本人は、わたしにも兄にも、そういうことになった経緯を話さなかったから、兄は、当日、驚いていたし、わたしもびっくりした。兄の子は、りっぱに歌い、音程も安定していて、その美しいボーイソプラノの声を、何人ものお母さんたちから、ほめられた。「素晴らしい！　さぞ、お家で練習したのでしょうね、ここまで仕上げるの、大変だったでしょう」。そう言われて、歌うことすら知らなかった兄もわたしも、なんだかおじぎばかりして恐縮していた。練習など、家でしたことはなかった。なにもかまってやらなかった。ただ、わたしが思い出すのは、彼が歌っている時の、孤独な表情だ。あんな小さなときから、ぜんぶ、自分で処理し、親がよろこびそうなことも、なんにも言わずに、自分のなかで収め、きちんとやり抜く。そして歌い収め、大きな拍手を浴びても、どこか他人事の様な涼しい顔で、こんなことは、なんでもないことなのだというような、少し超然とした態度で、舞台を去った。そのあと、上手だったねと言葉をかけても、やはり自慢するでもなく、相変わらず、こんなことは、なんでもないことなのだというような顔をして、うんとうなずくだけだった。そのことは、その時もその後も、自分から話題にするようなことは一度もなかった。

　別れた義姉は、元気だろうか、こんな晴れ姿、見たかったのではないかとわたしは思ったが、そのときも、いかなるときも、兄の子に、義姉が会いにくるようなことはなかった。

　一人でいる子供というのに、わたしは見とれてしまう。群れている子供もかわいいが、一人になったとき、その子供のいのちが、タマのように輝いて見える。

　いま、しょげている兄の子に、ひとりぼっちで歌を歌った、子供のころの兄の子の姿が、なぜ重なってくるのか。それは兄の子に話すようなことではなく、わたしは黙っていたが、ついに人は一人なんだと、自分にも言うように、胸のなかでつぶやいた。

昨日、わたしは実朝の歌を読み返していた。いつだって、どういうわけか、歌は読んでも忘れてしまう。どんどん忘れてしまう。だから、読み返す。忘れてしまうから、超有名な歌をのぞいて、みんな、初めて知ったような歌に思えてくる。きのう、読んで、初めて読んだような気がしたのは、次の歌だ。

うば玉や闇の暗きに天雲の
　八重雲がくれ雁ぞ鳴くなる

「うばたまの漆黒の玉のように、どこもかしこも真っ黒の闇、その闇の中に幾重にも暗い雲が立ち込め、その雲の中で鳴いている雁よ。」っていうような意味だろうか。暗い歌だ。この雁もまた、たった一羽で飛んでいるに違いない。どこもかしこも闇の中。真っ黒な歌。実朝の暗さよ。暗さこそが、今は心をなぐさめる。わたしたちは暗い。生きるものは暗い。暗いものを抱えて生きる。天井裏のネズミもまた。

こんな歌もあった。これもまた雁の歌だ。

山遠み雲居に雁の越えて去なば
　我のみひとり音にやなきなむ

この歌には、詞書がついていて、「近くに召し使っている女房が、遠い国に下りますと暇乞いを言いにきたので、詠んだ」ということだ。どんな関係の女房だったのだろう。実朝が心を寄せていたのではないか。若い実朝にとっては、ものをよく知る、少し年上の女房だったのではないか。

「山遠く、広がる雲の彼方へ、はるかに雁が越え去っていく。あのように、あなたがここを去るという。去ってしまうという。わたしは声をあげて泣いてしまうよ」——こんな意味。「我のみひとり音にやなきなむ」実朝の、まるで小さな男の子のような心。

引き潮のように、わたしたちから引き算されるなにか。その人と過ごした時間、あたたかい経験。いきなり断ち切られる時間。こんな歌を読むと、わたしもまた、声を上げて泣きたくなる。

さらに、こんな歌もあった。これは前にも読んだ記憶があるが、何度読んでも、その度に新しい。

紅の千入のまふり山の端に
　日の入る時の空にぞありける

「紅花からつくった染料の紅を、幾度も幾度も振り出しながら、布を染めていく。だんだんと濃くなるように。まさにあの色なんだ、山の端に日が落ちるときの空の色は」

心の中が真っ赤な色で染められる。実朝の目の中が、見えるようだ。室生さんが、わたしたちのために、家の前に出してくれた赤い旗も、見たとき、目にしみるようだった。赤と一口に言っても、赤い色には幅がある。だが、夕陽の紅色ほど、変化が激しく、美しいものはない。赤は生き物の傷口にしみる色だ。赤そのものが、色彩の中の「傷」なのかもしれない。

ぞっとするほどひとりぼっちで、詩の心がわかり、人の悪口を言わず、なにもかも飲み込んで、何も言わずに死を覚悟しているような人。気が弱いというのではない、やさしいというのではない、ただ、深く諦めている。半分、死んでいる。もう半分で生きたいと切実に思っている。そんな人だと思う。実朝は。

わたしは知らず知らずのうちに、兄の子を実朝に重ねていたような気がする。

恋をするとき、人は一人だ。

「帰るよー」と二階へ声をかけたが、兄の子は、その日、部屋から出てこなかった。

兄は、あいつと一緒に酒の呑める日が楽しみだなあと言う。わたしは酒が呑めない。だからあの子と、何か一首――それは実朝の歌でなくてもいい――歌を共有できたらいいな、なんて思う。叶わぬ思い。

室生さんに、ショートメールでおめでとう、と言った。しばらくして、返事が来た。

「こんなときだから、すぐには式なんかはできない。でもいつか、小さな食事会がしたい。そのときは、友人として見守ってくれ」
そのときも、婚礼料理は、たぶん室生さんが作る。

ぶつひと、ついにぶたにならず

谷底へ向かい降りていく背中を、カメラが映し出していた。ひたむきで楽しげなその背中は、軽やかなステップを踏み踊るようだ。登山道や砂利道など、整備されていない山野の道を走る、トレイルランニングという競技があるが、降りていく人の姿は、それに似ていた。小走りで急ぐ。急ぐ必要もないのに。束が観たのは、日常の風景で、競技の中継などではない。

タラウマラ族を知っているか。

メキシコ北西部の山岳地帯に住む、「走る民」。長距離走に、抜群の能力を持ち、日常生活でも、よく走る。冒頭、渓谷を降りていった人は、下方にある井戸に、水を汲みに行った。そこから、日に二回、水をタンクに詰め、家まで運ぶ。彼らは現地の言葉で、「ララムリ」と呼ばれている。束はこのララムリをテレビで観て知った。その生活は昔からの風習にならったもので、主食とするトウモロコシを育てたり、放牧をしたり、女たちは織物を織ったり。得られる賃金はわずか。経済的にも決して豊かというわけではないらしい。

岩の突き出た山の道を登り降りする毎日が、彼らの脚力を驚異的なものにしている。彼らは小さな子供の頃から、走ることを学ぶ。あるときは親から。あるときは、白いボールを夜通し追いかけるゲームを通して。

「なぜ、あなたは走るのか」

インタビュアーが聞いても、部族の人々は「知らない」と言う。

真顔でおばあさんが答えた、「知らない」という言葉が、重く光って胸に響いた。おばあさんの「知らない」は、束が毎日のように使っている「知らない」と、まったく同じなのに、まるで違った。

ララムリたちは無口だ。しゃべらないで走る。走っていないときも、自分の気持ちをあまり表現しない。束も同じだ。黙っているとき、平安を感じ、しゃべっているとき、嘘を言ってるみたいな気がする。

あるときから、束は学校へ行かなくなった。いじめがあったわけではない。ただ、みんなといると体がすくみ、もともと出にくい言葉が、ますます出てこなくなった。

家には祖母がいて、父母はすでにこの世になく、祖父は最初からいなかった。

祖母は束が学校へ行かなくなっても、全く平気で、まだ義務教育だというのに、束を諭したり、先生に相談するといったこともなく、どこか普通の大人のようではなかった。

走る民、ララムリは、日々の習性によって、心身が鍛えられるせいで、トレイルランなどのレースに集団で出場すると、上位をほとんど占めてしまうらしい。もちろん、彼らも、失敗することはある。その理由はわからないが、なぜか走れなくなり、次々、脱落して、レースの途中で棄権するのだという。束は驚いたが、異常なこととは思わなかった。

虫でも鳥でも、そんなことがある。ある日、川の表面に、魚が次々、浮かび上がったり、集団でいきなり蜜蜂が死んだり、電線のカラスが道にボトボト落下したり。何か環境的によくないことがあって、そんな集団の自殺みたいなことが起こる。言葉を持たぬ生き物は説明しない。原因は不明だが、とにかく、生命の調和が乱されたのだ。集団でレースから脱落したララムリにも、同様の何かが起きたのだろう。彼らにとって走ることは習性、競争の手段ではない。ところが生活費を稼ぐ目的で、レースに参加することもあるらしいから、そのこと自体に無理があるのかもしれない。

ただ、束には、レースに出ている彼らが、他人と競っているようには見えなかった。走る身体は、どこまでも単体で、たまたま誰かと、ともに走っていた。さまざまなレースで優勝しているという有名なララムリがいて、インタビュアーがたずねていた。

「あなたは毎日、相当、練習しているのでしょう」

「練習なんかしません。毎日の暮らしが練習ですから」

シャイで懐かしい、内省的な目をしている。

とっとっとっとっ。踊るように、鹿のように、岩の間を跳ねながら、今日も水を汲みに降りて行くララムリ。古タイヤを切って作ったという草履のような履物一つで、どんな岩場も、駆け上がり、また、下る。

ある日、束は、道路に面した窓から、往来を眺めていた。秋雨の中を、ずぶ濡れで走っていく黒ずくめの女の人がいる。とっさに傘を持って往来へ飛び出した。ヒョウのように素早いその背中。ぐんぐん離れて遠ざかっていく。雨の日に傘を持たない不幸を、束はよく知っているから、女の人を助けたかった。傘を差し出そうとした。(使ってください)。けれど走る人は、傘など邪魔、というふうだ。やがて角を曲がると、束の視野から、パッと消滅した。パッと。

雨音がピシャピシャと激しく地面を打つ。雨は困る。雨だと濡れたものを室内に干すことになる。束には長い間、おねしょの癖があり、どんなに今夜こそは、と思ってみても、トイレの夢を見て、やっぱりもらしてしまう。その都度、祖母に折檻された。布団は一枚きりだと頭をはたかれた。頬も叩かれ、背中を打たれ。細く、骨ばっていて、よくしなる祖母の手は、束にはいつも、鞭以上の鞭だ。痛くて、恐ろしくて、しゃくりあげながら泣いた。でもあれは、夢だったろうか、それとも別の日に見た、自分とは違う、別の女の子が泣いていたのだったろうか。時々わからなくなる。

けれど鏡の中には、いつだって、ぶたれ、泣いている自分がいた。束は小さな女優のようだ。鏡の中に、そうして泣いている人を確認すると、すうっと感情が冷め、泣くのをやめる。感情の見えない束の顔は、この頃、ゾッとして色っぽい。

ぶつ祖母に、束は幼い頃から、ずっと念じ続けてきた。

（ぶつひと、ぶたになれ）

（ぶつひと、ぶたになれ）

ところがぶつひと、ぶたにはならず、にんげんの姿であり続けた。ぶたの方だって、祖母を受け入れたくはなかったはずだ。結局、人間であり続けることが、祖母に下された、重い判決だったのだと思う。

気がつくと、祖母の体に異変が起きていた。数ヶ月前から、自らの内側を袋綴じにするかのように、背中が急激に折れ曲がってきている。進行の度合いは驚くほど早かった。遠目にその姿は、一本のいびつな柳の木に見える。腰の曲がったおばあさん、なんてものじゃない。カルシウム不足、あるいは生活習慣に原因があったのだろうか。加えて医者嫌いの祖母は、曲がったものは曲がったもの、それをまっつぐにしようなどということは口にもしない。すすめる人があっても、金がないと断った。オレはこれでいい。

他人に対してはどこまでも傲岸で、お礼を言ったり、頭を垂れるというようなことを一切してこなかった祖母が、まさにお辞儀するような形に固まってしまった。ざまあ、と言いたいのも忘れて、束は驚き目を見張る。今では束をぶとうとしても、祖母の手は束に届かない。宙を虚しくかき回すばかり。

その頃から、束のおねしょは、次第に好転した。この頃ではもう、トイレの夢を見ても、そこでそのまま出してしまうようなことはない。

祖母の名はキイ。わずかにこの世に残っている同胞からは、キイやんあるいはキジルシと呼ばれた。気性の荒い、凄まじい女であった。以下、この祖母のことを、キイと呼ぶことにしよう。キイが自分のことをオレ、と言うのは、キイの生まれた家では、女も男も、みんな自分をオレと言うから。一人称というのは、生涯、なかなか変えられるものではない。

オレ、背骨がヨー。コーンなに曲がっちまって。束みたいな出来損ないのガキに助けてもらワナ、生きていケーン。落ちぶれタァ。三味も弾けぬぅ。ああ、ゼツボー。

そんなことを歌うように甘えるように近所の人に言う。キイが何を言っても、皆、しらけて、「ふん、そうですかぁ」。今まで、何か注意めいたことでも言おうなら、怒鳴り散らして人を遠ざけてきたキイに、親身になってくれる者はいない。若い頃は、三味線がうまく、かつては歌舞音曲を教えるなどして身を立てていた。今でもどこかに、自分はセンセイだという意識が残っている。人の世話になるのが、相手が孫といえども悔しくてならず、そのくせこうして体が折れ曲がってしまってからは、その束に助けてもらわなければ、到底生活が立ちいかない。何でも一人でやってきたキイは、できなくなった自分に未だ慣れない。日々の鬱屈は、もっぱら、束にあたることで晴らしている。

激しい雨を見ている束の中に、ああ絵が描きたいという思いが、むくむくと湧いてくる。雨は水、水は透明、流れ行くもの。そういうものを、どうやって描き留めたらよいのか。縁側の廊下に立ち、外をぼうっと眺めていると、雨のしぶきが煙のようにたって、庭全体が、霞がかかったように白い。気づくとそれだけで数時間がたっていた。絵のことを考えただけで、こうして時はとめどもなく流れ始め、束を「今」ここから、どこかへと運び去る。運び去られた先には、しかし鬼が待っている。キイはどこにでもいる。束を支配している。

「ぼやっとしてるんじゃないよ。他にやることがあるだろ。小雨になるのを待っていたら夜になっちまう」

午後四時だ。危うい時刻。伝統的に女たちがおかしくなる。どこからともなく魔物がやってきて、彼女らの首筋にぺたりと貼り付く。太陽が沈みかけ、夜へと入る。なにやら気が重い。気が乗らない。夕餉(ゆうげ)の支度をそろそろ考えなければならない。男たちはどこにもいない。働いているのか。遊んでいるのか。戦争へ行って留守なのか。あるいは出奔しもう帰ってこないのか。もし、午後四時に家にいる男がいたら、女にこれから殺されるか、すでに死んでいるかのどちらかだ。

台所に立ち、刃物を使い、着火された青白いガスの炎を見ていると、キイも束も、段々と殺気だってくる。オール電化とは程遠い古い家は、昭和時代の半ば頃に建てられ、一度も改築されていない。黄昏時は逢う魔が時。折れ曲がったキイは、前より一層、激しく束を顎で使う。束は使役馬同然である。姿が見えないと文句を言う。寂しさが極まって、束を痛めつけないことには、愛することができないのだ。

「どこにいる！　クズが押し黙って。どうせロクでもないことをしてるんだろっ」

キイの言う、ロクでもないことの筆頭には、もちろん絵を描くという行為があった。言葉を使わないですむから、束は絵を描くことを好んだ。水彩画やペン画や墨で描く墨絵。そのときの気分と状況で描き分ける。家事の合間、わずかな時間でも描けるのはペン画だ。ペン一本と白い紙さえあればいい。のめりこんでしまい、時を忘れる。筆圧が強いので、右手中指にはタコを作った。取り憑かれたように、小さな卵状のものをいっぱい描き込んでいく。増殖する卵。ああ快感。ああうっとり。束は爆発するような自由を感じる。水性ボールペンのペン先が、画用紙とこすれ合って、カリカリと音を立てる。耳が遠いはずのキイは、そういう音を怖いくらい拾って、「束がキチガイの絵を描いている」と言う。前に束の描いたペン画を見たキイは、あまりに緻密なので、それを「異常」と怖がった。

少し時間のあるときには、水彩画を描く。こちらに関しては、「キチガイの絵」とは言われなかったが、代わりに「暇つぶし」とか「無駄」と言われた。何を言われても描くことは続行した。水彩画は静かで伸びやかな芸術だ。束が描くのは抽象画ばかりだったが、あらかじめ画用紙全体に水を張って、その上に絵の具を落としていく。すると思いがけないにじみが生まれ、色が広がって、意外な形が出現する。束の肉体に喜びが広がる。それは計画して、できるものではない。快感が、境界をにじませ、広がっていく。青い色、青い色が好きだ。心臓まで青に染まりたいと思う。ブルーブルーブルー、セルリアンブルー、スカイブルー、ベビーブルー。ブルーブルーブルー。ターコイズブルー。束の夢は、いつも青みを帯びている。

キイから言いつけられた家事を、全て終えた後の、搾りかすのような時間が束の自由時間だ。時々考えてしまう。ああ、キイがいなければ。キイが死んでくれたら。そうしたら、一人だ。いつだって絵が描ける。暴言を吐かれることもない。ぶたれることも。当面の生活費は、キイの三味線を売ればいい。納戸にしまわれている三味線は三体。いずれも高く売れると、キイはかつて、ほくそ笑みながら言っていた。だが、そこで、束の「考え」は、ハタと止まってしまう。三味線はキイのもの。そんなものをアテにしている、この自分は何だろう。ああ、自分で金を作れたら、と束は思う。どうしたらいいのだろう。自分で金を稼ぐには。ああ、稼ぎたい。金を稼ぎたい。それはすなわち、自分の手足を汚して、力一杯生きたいということだった。

折れ曲がったために、視野が極端に狭められたキイは、家の中で、複数の鏡を手に携え、家の内部を支配しようとした。たまにその中に絵を描いている束が映り込むと、キイはズリズリと近づいていって、束をサッカーボールのように蹴った。あまり痛くはなかった。

「また、下手くそな絵を描いていやがる」

キイと束。祖母と孫。どこにでもいるようで、ここにしかいない。キイの言い方はいつも理不尽で、論理的でなく、自分勝手、思いやりがなく、うそを言う。

あるとき、カッと頭に血が上り、束の口から出た言葉が、「クタバレ、クソババア」。いつものように出来損ないと罵倒され、否定され続けた挙句の果てであった。とてつもない解放感があった。何かの口が開き、決壊した。キイに振り下ろす凶器の感触が、腕をのぼって、脳髄まで達した。

キイの方は、ほとんど初めてと言っていい束の反抗に、怒り、驚き、折りたたまれた体で、ズリズリとゾウリムシのように追いかけてきた。怖かった。結局追い詰められ、強い力で手を掴まれ、束は荒い麻縄でぐるぐると縛られた。不自由な体の中からほとばしり出る、未だ驚くような馬鹿力・怪力。ショックで抵抗できなくなり、束はむしろキイの縛りやすいようにと、自分の手をおとなしく差し出した。

ひき肉二百グラム、タケノコ、油揚げ、アボカド（ただし、百円以下だったら）、きゅうり、かぼちゃ。雨の中、キイに脅されるようにして、家を追い出された束は、メモした買い物のリストを見ながら、スーパーへ走る。チューコーという、大型スーパーが近くにあった。価格が安く、いつも混んでいる。

チューコーにある肉は、みんな冷凍肉を解凍したもので、トレイにはいつも、いわゆるドリップと言われる、赤い肉汁が溜まっている。野菜にはどことなく二級品という風貌があった。りんごはりんごでも、台風のとき、地面に落ちたりんごかもしれなかったし、ブロッコリーはブロッコリーで、農薬にまみれた検査前のものであるかもしれなかったし、ケーキはどこかの店の売れ残りが回ってくるのかもしれなかった。チューコーには実にいろんな噂があったが、何しろ安いし、食べたからと言って腹がくだることもないので、貧しい高齢者と若者を中心に、客足は途絶えたことがない。

食べ物を比べるのは邪悪だ。比べたら美味しいとかまずいとか、わがままなことを言い出す。買うところは一箇所、チューコーだけでいい。加工品は買うな。原料だけを買ってこい、それをお前が料理しろと、キイは束に言った。時々は筋のよくわかる話し方をキイはした。

ところがキイ自身は、あの身体なものだから、食べることには難儀した。時々、食べたものが逆流してしまい、口から溢れて、台所の床を汚した。始末するのは束だ。労わりの言葉など、当然ながら聞いたこともない。

キイには排尿や排便の問題もあった。便器には座れても、かんが狂うのだろう、その周りに、尿やべんが漏れた。服や指を汚すこともあった。幸い、オムツの必要はまだなかったけれど、一人ではだいぶ、やりにくそうだった。手伝うよ。束が言うと、キイは拒む。そこだけは手渡せないと言うふうだ。おそらくトイレは、最後の砦なのだろう。ズボンの前を汚していたり、尿の臭いがプーンと立つので、洗うものがあれば出してよと言ってみるが、キイは時々逆ギレして、「どう言う意味だい、お前は何様か」などと絡んでくる。昼間は引き下がり、キイが寝た後に、臭うものを探して、こっそり洗濯した。

今日は夜、一人、久しぶりに客が来るらしい。（客は）食べるか、と束が聞くと、食い物などやらん、とキイは答えた。キイには、日頃、付き合っている友達がいない。それは束も同じだ。

学校に長く行っていない東は、新しい人に会うのが楽しみだ。楽しみだが緊張もする。この閉じられた家に誰かがやってくる。どんなことをしたら喜んでもらえるか。ワクワクし過ぎて途方に暮れて、結局、疲れてしまうのだった。まだ見ぬその人を、東は一生、帰らせたくないくらいに心待ちにしていた。

この頃、東には秘密がある。買い物に出た時など、キィに内緒で、いくつか店に立ち寄る。なかでも毎日、必ず行くと決めているのは、チューコーの裏通りにひっそり立つ店だ。看板に汚い墨で、れもんと書いてあった。表向きは、古本屋。けれど店主のおじいさんが、東にコーヒーを飲ませてくれる。

その日、早々に買い物を済ませた東は、れもんの引き戸を静かに引いた。正面、レジのところに、見たことのない男の子がひとり座っていた。東と同じくらいか、少し年下だ。いつもキィに抑えつけられている東は、この時とばかり奔放に振る舞ってみたくなった。支配するように、男の子をじいっと見た。すると男の子は、東の強い視線に負け、敗北しました、というように斜視の目を伏せた。肩のあたりで白旗が揺れている。

「おじいさんは」

「あ、今日は病院に」

「病気なの」

「ああ。でもすぐ帰るよ」

束は驚く。いつもいつもいる人でも、いないということがある。おじいさんはいつか、死ぬだろう。

「なら、コーヒー飲めないな」つぶやくようにいうと、男の子はその言葉を見逃さない。

「ここは本屋だよ、コーヒーはないけど」

「知ってる。だけど、ここはコーヒーの飲める本屋なんだよ」

男の子はびっくりして、そうだったのか、という表情になった。しかし事実は、彼の言うことの方が正しい。ここは本屋に過ぎず、普段はコーヒーなど客に提供しない。おじいさんがコーヒー好きで、何を思ったか、不意に立ち寄った束に飲ませた。金はとらず、子供にカフェイン入りのものを飲ませるものではないという考えも、おじいさんには、まるでなかった。束はすっかりコーヒー好きになり、今では中毒だ。だんだんと濃いものを欲するようになって、歯がコーヒーで染色され、全体が薄茶色になっている。歯磨きなどでは落ちないレベルだ。

おじいさんはいつも束のために、まるで喫茶店のような、ソーサー付の小さなカップを用意し、そこへ、束好みの濃い液体をなみなみついだ。今から考えれば、あれも病いの兆候だったのか、手が激しく震え、いつも受け皿に、たぷたぷというくらいにコーヒーがこぼれた。束は皿を傾け、口をつけて飲んだので、それを見たおじいさんは笑った。

「昔は熱い紅茶やコーヒーを、わざわざ受け皿にこぼして、冷まして飲んだらしいよ。お前さんは、由緒ある古典的な飲み方をしている」

おじいさんは何かと束を可愛がってくれた。束がそんな飲み方をしたのは、キイを見ていたからで、キイの体が、今ほど折れ曲がっていない頃、束はキイのお供でよく居酒屋についていった。キイはコップ酒を頼み、傍で束は、安いつまみを食事がわりに食べた。店の人は、キイのコップに酒を注ぐとき、いつも溢れさせるので、酒は受け皿にも、たっぷり溜まった。コップの中の酒は、表面を盛り上げ、こらえるように震えている。キイはコップを口に近づけるのではなく、口の方から出かけて行って飲んだ。見ていると大人たちは、コップ酒を、みんな犬のように飲むのだった。そしてもちろん、受け皿に溜まった酒も、あまさず舐めるように飲むのだった。

こぼしたり溢れさせたりするのが、失敗でなく、サービスあるいは合意なのだと知って、束は最初、何だ、と思った。変なことをする。確かに誰も謝らない。キイもそれを咎めない。

それを知っていたから、おじいさんの溢れさせたコーヒーを、束は少しも汚いとは思わなかった。溢れたコーヒーには、祝祭の日のようなめでたさがあった。束は喜んで、皿のコーヒーを飲み干し、おじいさんは、それを面白がった。

こぼす、溢れさす、はみ出す、破る。束が好きなのは、皆、壊す動詞だ。

れもんは昼間でも、薄暗い。壁には、「昭和天皇と香淳皇后」と書かれた、二体の写真がある。誰がやったのか、二人の顔が、墨で黒く塗りつぶされている。

今日は、おじいさんがおらず、コーヒーが飲めない。束は落胆した。自分が中毒になっていることにも気付かず、理不尽にイライラし、そこにいる男の子で鬱憤を晴らしたい。

「あんた、店番できるの」

「計算は計算機がやる。それに雨の日は客なんか来ない」

そう言ったそばから、客が傘の雫を払いながら入ってきた。どこから見ても、大人の男だが、子供くらいに背が低い。小男はしかし、目がすさんでいて、近くによると、ひどく臭った。風呂には長く、入っていないみたいだ。

男は、古本の詰まった棚を端から眺め、上の方から一冊を抜き出すと、また戻し。そんなことをしばらく繰り返したあげく、

「爺さん、いないの」と男の子に尋ねた。

「いません。病院です」と束が代わって答える。

「今日、いないのか。それともずっといないのか」

「わかりません」今度は、男の子が答えた。

「チクショウ。逃げやがって」

しばらく店のなかを、じろじろと眺め回したかと思うと、急に凄んで、

「今どき本なんか誰も読みゃしない、こんなくずばかり売って。しけた店だよ」

そう言いながらも、男の目は、棚に並んだ本を、左右上下と追いかけている。最後は、これ、もらっとくわ、と言って、小さなサイズの本ばかり、十冊も二十冊も、バサバサと抜き取り、リ

ュックに入れた。床に落ちた一冊に、『朝鮮童謡選』があったが、男は拾わない。引き戸を後手で、思い切り叩きつけるようにして出て行ったので、激しい音がたち、一旦閉まった戸が、はずみで開いた。

開いた一瞬、雨の音が大きくなって、冷たい空気が一気に店のほうへ流れ込み、店のなかが、雨の匂いでみちた。水の匂い。むなしい水の匂い。何の希望もない。死にたくなるような雨の匂い。


束は開いた戸を丁寧に閉めると、ああ、この空気が、ずっと厭だったのだと、何かを思い出すように思った。誰かが始終怒っていた。高い声で、低い声で。争っていた。怒鳴りあっていた。空気を切る音がした。戸がぴしゃりと閉められ、あるいは開けられ、室内の空間に怒りが満ち、それは収束せず、むしろ広がり、誰かの怒りを巻き込むように太る。そして空気を錆色にする。キイと束の母が怒鳴り合っている。母はもういないのに、その母が現れてキイの背後から覆いかぶさり、死ね、と言っている。キイの顔が壊れ、母の顔が壊れ、束の顔が壊れ、叫び声が上がる。無数の鉄格子が網目のように室内を覆う。

怒りに任せてたたきつけられるドア。あの音を聞くのなら、ぶたれたほうがましだ。ぶってくれ、ぶってくれ、ぶってくれ、と声がする。それで気がすむのならぶってくれ。母の声か、束の声か、誰の声か、わからない。部屋を出て、雨のなかへ出ていく自分の背中が見える。もうひとりの束、束ダッシュだ。束ダッシュは、激しい雨に身を打たれたい。息ができない。鉄柱のような雨だから。からだじゅうから、体温が奪われていく。傘がない。傘がない。傘があったら、自分一人分のわずかな陣地を作れるのに。雨が上がったら、傘を武器にして、人を突き刺すこともできるのに。

「怖えええええー」と男の子が体をふるわせながら叫んだ。その声が、束ダッシュを追い払い、束は自分が、統合された一人の束に戻ったのを感じた。男の子は、先ほどの小男のことを言っているのだった。

「ああ、怖かった、よく我慢したな」

男のような口調で男の子を慰めると、自分がつかの間、彼の兄になったような気がした。今、目の前でふるえている男の子も、束がそうであるように、常時、穴のあいた靴下を履いているに違いない。

「ねえ、あんたのおじいさん、逃げたの」

束には今、非常口のようなおじいさんの背中が見える。

「逃げたわけじゃない、きっと帰ってくる。でも遅くなるって」

「遅くなるって言ったの」

「うん」

おじいさんは帰らないと、束は思う。遅くなるという言葉を信じ、幾度も、キイに置き去りにされてきた束は、その言葉をもう、信じていない。

（あんたはおじいさんに捨てられたんだよ）

思っただけなのに、何かが伝わった。男の子の目の表面がふるっと揺れて、やがてわらわらと水が渡った。

ゴミ捨て場の光景が思い浮かんだ。

束はゴミをまとめ、ゴミを捨てることを、小さい頃からずっとやらされてきた。ゴミ捨て場は、束にとって、ある意味ではキイのいるあの家より、心休まる場所だ。ゴミと一緒に、青い網の中にもぐり、眠ることすらできるような気がする。そんなゴミ捨て場には、ゴミ収集車が去った後に、回収してもらえず、残ったままのゴミ袋が、いつも大抵、一、二個はあった。一度捨てられたのに、もう一度、捨てられたゴミだ。それらは本来、決められたゴミの種類の分別を無視し、出すべきではない曜日に出されたものが多い。生ゴミ、かんゴミ、ペットボトルのゴミ、分別されておらず雑多に混ざり合ったゴミ、中身がなんだかわからない黒いゴミ袋もある。

それぞれの袋には、印字された手紙がついていて（それを「手紙」と束は思っている）、「これは分別が不十分ですので、収集できません」とか「これは燃えないゴミの日に出してください」とか「口をしっかり縛って、出し直してください」などという指示が書かれている。持っていけなかった理由が、明記されているのだ。出した人に向けて書かれているのだが、その人が読むかどうかはわからない。ゴミはどれも同じように見えるが、自分の出したゴミには、どこかに「じぶん」の刻印があって、見ればわかる。自分のゴミが、突き返されたとわかったとき、その人は相当、恥ずかしいだろうと思う。自分だったら恥ずかしい。自分を見るように恥ずかしい。ゴミは、ついに自分自身だから。

当日あるいは翌日などに、手紙が効力を発揮してか、問題のゴミがなくなっていることもある。取りに来た人の姿を見たことはないが、消えたということは、通じたということ。束はなんだかほっとするのだ。

そうして今、留守番をしている男の子が、束には次第に、ごみ収集からも突き返されて、ポツンと残っている、サビシイ、ゴミのように思えてきたのだった。この子にも、手紙をつけてやりたい。こんな手紙だ。束は妄想する——この子は本来、ここに座っている子ではありません。早く迎えにくるか、この子をどこか、もっと楽しい場所に移してください。


「ねえ、どうしてここにいるの」

「オレはここに住んでる」

「初めて見たよ」

「いつもは奥にいるから」

「あたし、おじいさんからコーヒーもらうんだ。コーヒー好き?」

「苦いから嫌い」

「子供はミルクとお砂糖を入れる。あたしは入れないけどね」

「なら、今度、飲んでみる。両方入れて」

「うん、それをすすめる。あたしは入れないけどね。いつか一緒に飲もう」

ああ、コーヒーが、コーヒーが飲みたい。

天井でがさがさと音がした。

「あ、ネズミだ、カラスじゃないよネズミだ」

束の家にもネズミがいるが、この店にも、相当大きなネズミがいる。キイは、ネズミが大嫌いで、家にネズミが住み着いていることを認めることすらしなかった。だから束が、あれはネズミと言っても、ネズミじゃない、カラスだろ、と言いはる。けれどカラスじゃないよ、あの足音はネズミだ。

「あたし、束っていうのよ。あんたは」

「誰でもない。ツカって変な名前。どんな字を書くの」

「約束の束という字を知ってる？　それを当てて、ツカと読むの。タバとも読むね。タバと呼んでもいいよ」

「ほんと？　タバ。なんか笑える、タバタバタバ」

男の子はタバを連呼しながら楽しそうに笑う。束は嬉しい。

「本を作る現場では、束って、本の厚みのことなんだって」

聞いているのかいないのか、男の子は何か他のことを考えているようで、一点を見つめたきり返事をしない。ああ、分厚い本になりたいと束は思う。やさしい言葉の分厚い本に。誰もが読めて、読み終えるのに時間がかかり、読んだあと、額が涼しくなる。そんな分厚い本になりたい。

男の子がふいに「オレ、デシ」と名乗った。さっきは誰でもないと言ったくせに。デシは弟子とはイントネーションが違うが、あたしの弟子にしようと、束は思った。

時計の針が午後五時をさしていた。束の帰りが遅いと、キイがブリブリ怒っているだろう。店の窓から外を眺めた。一人で暮らすことを、束は夢見ている。キイのいない、一人だけの抽象的な部屋が、中空に、空っぽのまま、浮かんでいるのが見える。

雨が降っていた。激しく降っていた。

どう描いたら雨は雨になるのだろう。

束は降り続く雨を見ながら、また、絵のことを考える。雨は直線なのだろうか。線に見えるが、降ってくる途中で、その形を解くのではないか。ならば、線のように見えるのは、雨の降った跡、なのだろうか。

学校に通っている頃、絵の授業で浮世絵を見た。浮世絵師の広重は、雨を黒い直線で表した。先生が、この線は平行線でなく、二種類の微妙に角度の違う線が混ざり合っているのだと言った。束はそれを思い出し、頭の中で絵を描く。絵に無数の線を引くことは、絵を汚すことにならなかったろうか。何かを否定することにはならなかっただろうか。最初に雨を、線で表した人は、勇気があったと思う。広重の引いた雨の線は黒かったから、黒い雨。でも雨は別に黒くはないんだ。

だけど白じゃ雨にならない。黒い線で雨を表したのは、広重という人の発明なのだろう。一体全体、人が、雨を直線で描き出したのは、いつ頃からなんだろう。

ふと、家で束を待っているしかない、キイのことが思い出された。その孤独が、彫り込みの終わった版画の版木（はんぎ）のように、束の目前に浮かび上がった。見事に刷り上がった版画を人は愛でるが、それを生んだ、黒々とした版木の方は、意識の外に置き去りにされる。

雨はなかなか止みそうにない。そのとき、窓の外を、いつか見た、黒ずくめのランナーが走っていくのが見えた。

「あっ」

「どしたの」

「走る人。今、店の前を走っていったの。この間も見たの。黒い服装で。雨の中を。すごく速くて。誰も追いつけないいんだよ。女の人だと思ったけど、男かもしれない。あんなに速いんだもの」

そう言いながら、店の外へ出た。ランナーは細身で髪が短い。遠く遠く、小さくなっていく。何処へいくのか、聞きたかった。小さい頃から、幾度もキイに、町中で置き去りにされた束は、人の後ろ姿に敏感で、捨てられる前から捨てられたように感じる。しかしランナーの背中には、ただ、清々（すがすが）しさが広がっていて、いつか、そのあとを、追いかけてみたいと思わせる。自分の寂しさが走ることで、散り散りになっていくイメージが広がった。

そうして再び、店のなかへ戻ると、そこにはデシが、置き去りにされたような顔で座っている。

「ねえ、あんた、きょう食べるものあるの」

「べつに」

あるのか、ないのか、それを聞いているのに、微妙にずれたデシの答えに、束はイライラしながら、「これ食べな」と言った。

さっき、自分のために買った、白いおにぎり。買い物に出た時など、キイにはもちろん内緒で、時々寄り道するおにぎり屋があった。ビルの四階という妙なところにあって、そのわりに客が集まっている。はぐれたような顔の、男ばかりが集う店だったが、味がいい。一番安いのは、具のない、真っ白な米だけのおにぎりだ。無愛想だが気持ちの入った職人風の男の人が、一人もくもくと握っている。

原料だけを、どこよりも安いチューコーで買ってこいと言うキイの目を盗んで、この頃、束は、自分の食べたいものを、自分に許して一個だけ買う。お腹が空くから、おにぎりを買うことが多い。百円で一番、効率よく腹を満たしてくれるものといったら、やっぱり、あの店の、具のないおにぎりだった。デシの手が躊躇なく、まっすぐに伸びてきて、おにぎりをもぎ取った。束はとても大事なものをデシにやったが、不思議な満足がある。

束の指とデシの指とが触れあう。デシの指は、ひどく、がさがさしている。

「おいしいよ」

束が言うのと同時に、デシはおにぎりに食らいつく。瞬く間に食べ終わった。早食いだねえ。束は笑いつつ驚きながら、

「手え、みせて」と、やさしい声で言った。

「やだ」とデシ。

「みせなよ」

「やだ」

頑なに握りしめているデシの手を、束は強引に掴み、秘密をこじあけるように、一本、一本、指を剝こうとする。すると、抵抗し固まっていたデシの手から、不意に力が抜け、指が花びらのごとく、外側に向かって柔らかく開いた。てのひらが明かりとなって、覗き込む束の顔を照らす。手のひらから指の先に至るまで、皮がむけていた。乾燥して、触ってみると、まるで紙の手だ。ガサガサしてる。気持ちが悪い。何かが感染るような気がして、思わず、ふりほどく。その態度に、デシは怒った。

「見せろっていうから見せたのに。おまえ、サイテーだな」

それは束も、わかった。その通りだと思った。だから傷ついた。おまえと言われたことにも。デシの手は明らかに、何かの皮膚疾患におかされていた。

「またくる」

そう言って、背を向けると、デシからの言葉はない。もう来るなとは言わなかった、もう来る

なとは。そう思いながら、束はれもんを後にした。

「どこをうろついていたんだ。一時間以上もかかりやがって。ウスノロめ。どしゃぶりだからって、言い訳にはならないよ」

案の定、キイは、いらいらしながら束を待っていた。

「魚を焼くよ。秋刀魚が安かったから買ってきた。今年は大漁だって」

「秋刀魚か。いいね」

キイはいつもより上機嫌だ。客が来るからだろうか。客の土産が楽しみなのだろうか。不機嫌なキイに苦しめられてきた束は、上機嫌なキイを見ると、それはそれで内心、ひどくムカついた。不機嫌でいられるのは辛かったが、上機嫌なキイを見ることにも深い絶望があった。どうせまたすぐ、不機嫌の波がやってくる。そうして日々、キイに翻弄され、支配されていることの恨みが、毛穴からふつふつ、湧き上がってくる。ああ、ぶてるものなら、キイをぶちたい。ぶたになってもいい。

「昔の仲間が来るの？」

「お前なんかに言うひつようはないよ」

「女か男か教えて」

「女一人」

「何しにくるの」

「知らないね。初めて来る人だ」

　二人の夕食が済んだ頃、その人はやってきた。手土産にしては、縦に大きすぎる包みを携えていた。

「ヤギシタと申します。突然、お伺いして、失礼をお詫びします」

「どうぞ、どうぞ、お上がりください。狭くて汚いところですが」

　大人のような調子で、ものを言う子供を、女性はしげしげと興味深げに見た。そして、すぐに済むからと、玄関から動かない。

　出てきたのが、老婆と子供、しかも老婆の背中の曲がりようったら、もうその顔が、まともに見られないほどなので、女性は明らかに戸惑っている。

「実はわたしの母は、こちらで以前、三味線を習っておりまして」

「ふん。それで」

「その節はお世話になりました」

「ヤギシタさんと言ったね、そんな昔のこと、悪いが記憶にないよ。あたしは三味線をやめたんですよ。こんな体になって」

「ええ、ご記憶にないのは、当然のことです。何しろ昔のことで。当時、こちらさまの教室は、大変な人気で、たくさんの生徒さんがいらっしゃったと母から聞いています。母もしばらく通っていたのですが、ある時、やめたんです。わたしを身ごもりまして。ええ、ですから本当に遠い話で。話せばいくらでも長くなります。ですから、端折ってお話しいたします。わたしはここで結構ですから、どうぞ、お楽な姿勢でお聞きください」

束は台所から椅子を持ってきて、キイを座らせた。束は訪問者にあわせて、自分も立っていた。

「何か楽器をなさる方ならわかっていただけると思いますが、楽器って、自分の分身なんですよ。大事な、という言葉以上のものがあると思うのです。母にとっての三味線もそうでした。幼い頃から爪弾いていたそうです。辛い時も、嬉しい時も。わたしが生まれる前は、姑の目を盗み、わずかな時間でも、食らいつくように弾いたそうです。姑は三味線を弾くなんて、といい顔はしなかった。遊んでいるようにしか、見えませんからね。それに三味線は弾けば激しい音がする。だから土砂降りの雨の日が嬉しかったと聞いています。雨音に紛れて、わかりませんから。それくらい好きな三味線でも、子供を身ごもったとなると、母にも覚悟があったのでしょう。潔く三味線を納戸に置いたきり、以来、一度も弾くことがなかったそうです。確かにわたしも、母の三味線を聞いたことがありません。嫁いだ家、つまりわたしの父の家ですが、商売をやっておりまして、母は商家の若女将として、朝から晩まで、働き詰めです。三味線を弾くどころではなかった。苦労のし通しだった母が、実は、先月、倒れまして。脳梗塞です。命は取り留め、今も入院しています。かなり麻痺が残りました。本当に三味線が弾けなくなったんです。姑も亡くなり、一人になって、ようやく自由になったと思ったら、自分がダメになって。親ながら哀れと思います。病室で、何を思ったか、あの三味線を出してくれと言い出しまして。それまで一回も袋から出したことがなかったのに。いよいよ最後と思ったのでしょう。実に三十年ぶりに袋から取り出した、これがその三味線です」

手にした三味線を、女性はくるりと後ろ向きにした。ガムテープがベタベタ貼られた胴体部分が露わになった。おそらく皮が破れ、それを安易に塞ごうと、ガムテープを貼ったものらしい。経年で、テープは色あせ、端からめくれ上がり、無残なものになっていた。

「母はこれをみて驚愕しました。麻痺の残る顔をさらに歪めて、私のものじゃない。私の楽器じゃないと。そうしてバチに触ると、さらに驚いた。これもまた、私のバチではないと」

「何が言いたいんだい」

「母は当時、楽器をこちらさまに預けて、身一つでこちらへ稽古に通っていたと申しています。同じような方が、他にもいらっしゃらなかったでしょうか。母の楽器が間違って、どなたかのものと入れ替わってしまったということは、ないのでしょうか」

「ばかな」

「ええ、今更、何十年も経って、こんな馬鹿げたことと娘のわたしも思っています。しかしあの三味線は、母が子供の頃から弾いてきたもので、母の生きた年月の記憶が、何から何まで、染み付いたものだと思うのです。幸い、麻痺があっても、認知機能に衰えはありません。長い年月の間、たとえ三味線が自然に破れたのだとしても、ガムテープの説明がつきません。これは人為的なものです。ガムテープを貼られた裏側を見たとき、母はそれはもう、気がふれたようになりまして。絶対、何かの間違いだからって。事情を話せば、必ず、必ず、間違いだってわかるからって。はい、母は、どこまでも間違いだと思っているのです。ええ、わたしも、そう思いたい。間違って誰かが持って行ってしまったと。誰が故意にそんなことをするでしょう。そりゃあ、母の三味線は、相当に昔のものゆえ、今では入手が難しいと言われる、日本猫の皮を使った、とても貴重なものらしい。当時も相当、値の張るものだったと、母は申しています。長唄の好きな母でした。バチは象牙、これも手前味噌ですが、相当に珍しいものだそうで、値段がつけられないくらいのものだと。仮にその価値を知る者が、転売目的に差し替えたのだとしたら、それはもう犯罪だと思いますが、そこまでは母もわたしも、まだ考えたくはないのでございます。それにしても、あまりにひどい。あまりに粗雑な――」

「何かい、あんたは、よーするに、その貴重なものを、泥棒みたいに持って行ってしまった人がいるって言いたいわけだろ」

「最悪、そんなことがあったとしても、まずは何か、間違いがなかったかどうか、そのことだけでも、確かめさせていただけないかと。年月を蒸し返すのは、双方、気分のすっきりしないことだと、重々、承知の上です。ただ、わたしが悲しいのは、母が三味線とバチに触れたとき、一瞬で違う、と叫んだことです。それはもう素早い反応でした。生理的な反応でした。わかるんです。

楽器は分身ですから。どんなに年月を挟んでも――」

「当時はそりゃ、大勢が出入りしていたからね。今はここだけになったが、当時は三軒隣に、倉庫みたいな部屋も借りてた。お披露目会をするくらいには広い部屋もあったさ。今はもう、そこは取り壊したし、他人のアパートになってる。この家にだって三味線はないよ。こんな体になって、誰が弾けるって言うんだ。あたしだって、大変な状況なんだよ。誰かが持っていっちまったんだろ。そうだとしても、今頃言っても遅い」

「ええ、遅い。わかっています。それじゃあ、このガムテープの三味線に、ご記憶はないと」

「あるわけないだろ。そんなひどい三味線、捨てて同然のものだよ。これ以上、何も言うことはないね。じゃあ、そう言うことで」

じゃあ、そう言うことで、と言うのは、キイが物事を切り上げてしまいたい時の常套句で、お引き取りくださいという意味だった。

「わかりました。ご迷惑とは思いますが、何か思い出されるようなことがありましたら、いつでも結構ですので、お教えくださいませんか。これがうちの連絡先です。下に書いてあるのが、わたしの番号です。母は麻痺があり、足も悪いので、何かございましたら、わたしの方へお電話いただければ助かります。これはほんの少しですが」

女性が最後に差し出したのは、重いずっしりとした創業五百年ネコヤの羊羹だった。

「羊羹以外捨てちまいな、塩まいて」

キイは女性が帰ると、まだ近くにいると思うのに、大きな声で怒鳴り散らした。

「今頃、何だい。古い三味線なら、破れて当然だろ。婆さん、ボケてるんじゃないか。自分でガムテープ貼ったのも忘れちまったんじゃないかい。連絡先は切って捨てな。また来たら追い返せ」

しかし束は、貰った連絡先を自分の部屋の引き出しの奥に、見つからないように、隠しておいた。いつか、必ず、必要になる。

納戸には、キイが自分のものだと言っていた三味線が三体ある。うちには三味線はない、なんていうのは、全くの嘘だ。しかも、万が一、食べられなくなったら、あの三味線のどれかを売ればいいと、以前から言っていた。

恥ずかしい。キイは悪党だ。差し替えたのだ。


翌朝は清々しい秋晴れだった。水に溶かしたセルリアンブルーが、空いっぱいに薄く広がる。束は誰かが自分の代わりに絵を描いてくれたように感じた。自分が描かなくてもいい。描けないときは、こうして世界が代わって絵を見せてくれる。キイの世話や家事で、なかなか絵筆を取れないと、以前はイライラした束だったが、この頃では、そんなふうに思いの角度を変えた。時計の針を早めなくとも、いつかは一人になる。今は自分の中に引き出しを作っておこう。引き出しの中には、絵の具が入っている。光と影、草の色、河の色、すべて生きた日に見た、記憶が入っている。

家の裏手に河が流れていた。秋の終わりから冬にかけて、河辺にはススキが群生していた。ススキの原が、束は好きだった。

はっきりとした記憶ではないが、母のような人に背負われ、赤ん坊の頃にも見たような気がする。学校に通っていた頃、好きな花を授業で聞かれ、束はススキと答えて、級友に笑われた。あれ、ホウキみたいじゃんと悪く言う子もいた。ススキは花? ねえ、ススキは花なの? さざなみのように違和感を誘う空気が渦巻いて、束はいたたまれなくなり、チューリップと言い直した。そんな嘘を言っても、自分がススキを好み、ススキが美しいことには、何の変化もなかった。真実はビクともしないのだから、いくらでも嘘をついてやると、束はあのとき、荒れた心で思ったのだ。

今日のように、お天気の好い日には、空気が澄み、光も透明度を増して、揺れているススキの穂に、粒子となって、きらきらとまとわりつく。束は見とれた。スケッチの道具は持っていなくても、長時間、家を空けられなくとも、見るのは瞬間だ。瞬間でいい。瞬間の中で、見るべきものを見ればいい。

静かだった。ススキが風になびく音だけがしていた。そのとき、遠方から、走る人の足音が聞こえた。目をこらす。あの人だ。いつか見た、黒ずくめのランナー。遠くの方から、河べりを走ってきて、だんだんとこちらへ近づいてくる。

スススキの陰に束は隠れ、黒衣のランナーに道をあけた。

ランナーが通過したとき、そこに立つ束に気づき、一瞬、束に向かって微笑んだかに見えた。女だった。確かに女。その背中を見送ると、やがて先の方でランナーが減速し、その背中が河原にうずくまった。怪我でもしたのだろうか。

束はしばらく見守っていたが、恐る恐る近づいていった。

「どうかしましたか。大丈夫ですか」

「ああ、大丈夫です。よくやるんです。ちょっと足首、ひねりました。わたし、走りすぎかも。ここ、石が、ゴロゴロしているし、ススキに見とれてしまって。ええ、でも大丈夫です。ちょっと休んで行きます」

束の河原でもないのに、束は自分が悪いことでもしたように感じ、石を蹴った。

女性は眩しそうに束を見た。十一月の光が、燦々と降ってきて、誰もが目を細めなければ、何も見ることができなかった。

「中学生ですか?」

「いえ、小学生です」

「大きく見えますね。今日、学校は休み?」

「はい」

嘘をついた。女性の聞き方に、追及というような鋭さはない。相手が子供でも、丁寧な口調で話してくれる。こういう人は初めてだと、束は不思議な喜びと驚きに包まれている。

「あの、見たことがあります」

「何を」

「あなたを」

「え、わたし？」

「雨の日も走っていましたよね」

「ええ、走るの、好きなんです。やめられなくて。いつでも、どんな天気でも、走れる時、走っています」

「楽しいですか」

「さあ、どうでしょう。苦しみもあります」

「苦しいのに、何で」

「そう、何ででしょう。わたしも知らない。苦しみも楽しみのひとつなんでしょうね。あなたも走ってみませんか？」

「え？」

「走ればわかるかも。なぜ走るのか。走る時はそれぞれ一人で走るんです。でも、ほんとは、誰かと走ってるような気がします」

「あ。でも、あたし、何も持ってなくて。シューズとか、ウェアとか」

「あるものでいいんですよ。靴なんか、ほんとは裸足が一番いいらしい。現代人は靴で身体を壊されていると聞いたことがあります。けどここはアフリカの大地じゃありません。裸足じゃ河原は、危険ですね」

そう言って、ふと束の靴に目を止め、

「かわいい運動靴ですね。それでいいじゃないですか」

ぼろぼろの靴なのにと、束は恥ずかしい。けれどその言葉は、束の背中をあたたかく押した。

「そうですよね、あのララムリだって……」

独り言のようにつぶやいた。走る民、あのララムリだって、古タイヤをを使ってサンダルを作り、それを履いて走っていた。女の人たちも、伝統的な美しいスカートで、ダダダダダって走っていたじゃない。そうだ、わたしもララムリの仲間になればいい。

「ララムリ？　誰のことですか？」

「ララムリ、走る民と言われている人たちがいるんです。メキシコの山岳地帯に暮らしているそうです」

「へえ、そんな人たちがいるんですね。遠くの国のこと、よく知っていますね」

初めて褒められ、束は舞い上がった。

「弟がいるんですけど」

「じゃあ、そのこもぜひ一緒に」

「きっと喜びます」

弟じゃない。弟じゃないけど。束はまた嘘をついてしまって、そのことをいつか言わなければならないにしても、それは今ではないと思って、口をつぐむ。

キイのことも、キイがきっと盗ったであろうヤギシタさんの三味線のことも、まだ言わない。まだ言えない。

ススキに見とれてけがをしたランナーは、ススキを責めることもなく、ススキに目を細めている。まだ立ち上がらないでほしいと束は思う。奇跡のような時間が、河原に今、積もっていた。流れ行くものが、歩みを止めて、今ここに宿り光っている。その光を、束は走る人とともに、ひとときまとって、河原にいた。

そのとき空が急に高くなり、風の音がして、束は、ひゅういっと空に釣り上げられた。

地上を見下ろすと、十一月の河原に、束も走る人も、誰もいない。どこまでも、どこまでも、海の波のように、ススキがきらめき揺れているばかりだ。

地面の下を深く流れる川

いつまでも喋りながら、着替え終わらない他の弓術部員を置いて、一人さっさと弓道場を後にした。女子更衣室で、先、行くねと同級の子に言い、お先に失礼しますと先輩たちには声をかけて。

でもそれは、同じタイミングで、いきなりあがった笑い声に紛れ、たぶん、誰にも聞こえなかっただろう。誰が何を言ったのかは聞き取れなかった。別にわたしとは無関係の冗談。だけどなんとなく疎外感を覚えて、笑い声に押し出されるように、道場を出た。

わっ。眩しい。夏の白光。蟬の声が頭蓋に響きわたる。

むわっと蒸された外気を吸った。ああ、草いきれ。生きてるって思う。

「まじ、暑いね」

振り返ると、矢部先輩だ。校門まで、並んで歩く。

「ほんと、激ヤバです」

「サエキって、いつも帰り仕度早い。大抵、一番で弓道場を出るね。感心しちゃう」

「え？　そーですかぁ。なんか、みんなとリズム合わなくって。いっつも、ぼっちです」

「ひとりぼっちは、あたしも同じ。よく頑張るね。弓術部、慣れた？」

　はいと言い、いいえと言い、どっちよ？　と笑われる。わたしも笑う。

　弓を引く。結構辛い。筋肉痛い。けど面白い。けど弓術部の人間関係はかなり疲れる。そして何かとお金がかかり、母の顔を曇らせている。道具類は、先輩方から貰えるものや、学校から借りられるものもあるが、指にはめる、鹿の皮でできた「弓懸（ゆがけ）」など、どうしたって個別で買わなくてはならない高価なものもあった。費用を考えれば、わたしなんかには、到底、できないスポーツだと思う。弓道がスポーツなのかどうなのかは、よくわからないけれど。

　リュックの重みを不意に感じる。毎日のことだが、これが半端ない。いつか、戯れに、わたしのリュックを持ち上げた母が、漬物石でも入ってるの？　と驚いていたけれど。

　何が重いって、教科書が重い。それに加えて弓術の道具――汚れきった足袋に、袴、帯、弓道着、弓懸、下がけ、ぎり粉（こ）に歯ブラシ。帰り道は、お弁当とお茶の分が、わずかに軽くなるだけだ。

「ねえ、サエキ、今更だけど、なんで弓、やろうなんて思ったの？」

　ほんと、なんでだろう。自分でもわからない。なぜ弓を選んだのかと、会う人ごとに聞かれたものだ。

　袴を履いてみたくって。

かっこいいから。

精神修行のため。

名前が弓子だから。

そんなことを、その都度、適当に人に言ってきた。入部して三ヶ月。なんだかここにも、自分の居場所はなくて、続けられるかもわからなくて。なのに、放課後は、ほとんど毎日、弓道場で弓を引く。どこへ行ったって、この違和感はついて回る。物心ついた頃から、ずっとそうだった。自分がここにいて、生きているというそのことが、多分、違和感を生み出す要因なんだ。

問いかけには、問いかけで答える。

「先輩は、どうして弓だったんですか？」

つい過去形になったのは、矢部先輩が、先日の部内引退試合で、正式に弓術部を引退したからだ。

あの日以来、他の、高三の先輩たちは、弓からさっぱり手を引いた。そして受験勉強の態勢に入った。なのに矢部先輩だけは、まるで引退なんてなかったかのように、相変わらず弓道場へやってくる。たまに校内ですれ違う高三の先輩たちが、顔つきまで変わってよそよそしく見えるのとは違って、矢部先輩にはわかりやすい変化が見られない。

わたしたちの練習を見たり――それは指導するという意味を含まない、ただ眺めるという意味の「見る」だったが――自分でも弓を引いたり。先輩はもしかしたら受験しないのだろうか。なぜ来るのかなと、みんな、口には出さないけれど、きっと心の中で思ってる。今までは、失礼ながら存在感なくて、ほとんどいるってことも意識しないくらいだった先輩のことを、わたしたちは初めて、意識している。

「聞いといてなんだけど、部活動だって、結婚だって、結局、何かを選んだ理由なんか、きっと、わからないよ」

「ケッコン、ですか。したことないから、わからないです。先輩、結婚するんですか」

「そっちに振れる？　弓の話よ。あたしが自分で不思議でならないのは、こんだけ下手なのに、めげない自分のこと。高校の三年間、結局、一度も正選手になれなかった。なのに弓をやめなかった。意地というわけでもないのよ。でも普通は、上手だから、それがモチベーションになって、もっと、どんどん、うまくなるものでしょう。あたしはそうじゃない。もはや好きか嫌いかっていうのも、わからないの。ただ弓に引っ張られてるのは事実。なのに的からは外れてばかり。あ、何やってるんだろう」

情けないというように先輩が言う。矢が中(あた)るか、外れるか。弓道って、たったそれだけのこと。考えるとなんだか馬鹿みたい。

的から外れればまるで、自分の心が受け入れてもらえず弾かれてしまったようにゼツボウする。そのときそこに、ありありと残っている我が身。なにをしても、この身だけは消えることなく残り続ける。どっしりと。それだけは疑いようもない。

自分で飛ばしながら飛んでいく矢は、もはや自分を置き去りにして、命を得たように離れていく。的をめがけ、矢道を一心に、一瞬をすこしだけ引き伸ばしながら。

引退してもなお、自分に迷い、そうして心を弓に残している矢部先輩。その姿が矢を離したのちの、一人で立つ「残身」そのものに思えた。

ああ、我が身、我が残身。

弓道には、射法を八段階に分けて、それぞれのあるべき射形を定めた、「射法八節」と呼ばれるものがある。最後、矢を離した直後の姿勢が、「残身（心）」と呼ばれる構えである。つまりそこにおいて、気力は最も充溢する。矢を離したからといって、すぐに構えを解くべきではない。気合いを抜かず、その構えのままに、最後、「弓倒し」のかたちに至り、そこでようやく、一連の動作を終える。この「残身」から連想が飛ぶのは、西行の和歌だ。

「心なき身にもあはれは知られけり鴫立つ沢の秋の夕暮」

かつて同居していた母の父、じいちゃんから口伝えに習った。西行の好きなじいちゃんだった。

この歌、後半は、まあ、いいとして、前半の意味がわからない。特に不思議なのは「心なき身」という言葉だ。一体全体、どんな身なのか。前に古語辞典を引いてみたとき、たくさん意味があって、すごく迷った。一番ぴったり来たのが、「人間の心を持っていない」というやつ。それをヒントに、わたしは連想を広げる。人間でありながら、人間の心を持っていない、荒れた心、ささくれた心、どこかしらひねこびた心、獣のような心、ロボットみたいな心。人間であることを忘れた寂しい心。

なぜかはよくわからないのだけれども、そのとき、わたしのなかで、「残心」と「矢部先輩」と「心なき身」とが、不意に一列に並んだのだ。

「じゃあ、あたし、電車だから」

先輩が言って、軽く手を振る。わたしは歩き。

「あ、先輩」

「なに？」

「右腕の下の筋肉、張って、痛いんです。そんなこと、なかったですか」

「あーそうそう。上腕三頭筋ね。あたしもそうだった。コーチに言われたかもしれないけど……腕で引いちゃダメだよ。肩甲骨を開くの。背中で引けとか、もっと上級者になると、骨で、肩甲骨で引けとか、いろいろ言われるよね。そういうこと、素直に聞いておくといいよ。そのときは忘れてしまっても、いつか自分でやるとき、きっと思い出すから。身になるのはそのとき。あとは変な癖がつく前に、自分の射形に無理がないかどうか、常に他の人に見てもらうといいね」

先輩の鼻に汗の粒が噴き出している。理論がわかっていても、的に中らない先輩。的に中らなくても、きちんと教えてくれる先輩。わたしは真面目な顔で聞く。

弓ってつくづく繊細な、精神論的なアドヴァイスが多い。この間は、別の先輩から、「自分が引くのではない。矢が手のうちから自然に離れて飛んでいくんだ」と教わった。その先輩も、別の先輩から、かつてこの言葉を教わったみたい。わたしにはまだ、遠い遠い心境だ。

春から始めたばかりの弓道は、ようやく的前に立てたばかり。射形を正しく体に覚えさせるために、まだゴム弓での練習が欠かせない。弓道は音楽だと言うひとがいるけど、ゴム弓は、おもちゃみたいで、あまり綺麗な音がしない。ビョーンと伸びて、パチンと収まるだけ。

校門で別れた小柄な矢部先輩の背中が、遠く小さくなっていった。


学校は、都会の裏通りにある。周囲には味気ないビルばかりが立ち並び、我が校舎も、一見したところでは、人を教育する学校とはちょっと思えない。けれど、なかへ入ると、そこには予想外に広い、豊かな中庭が広がっている。弓道場はその端にあった。弓術部という名前がみそで、中等部でも高等部でも、新入生たちが、弓道、弓道と軽く口にするたび、ここは弓道部ではなく、弓術部だと、そんなところから意識を変えられる。そこには、道でなくスポーツなのだという、合理的な考えがあるようだ。しかし一旦、弓を構えれば、その中身は、相変わらず伝統にのっとったもので、合理で割り切れるようなものではない。

学校の外のことを話そう。校門を出て、少し歩くと、通称、「キャットストリート」と呼ばれる長い蛇のような小路が伸びている。両端には、おしゃれな古着屋やカフェが立ち並び、歩いて大通りへ出れば、表参道。キラキラした有名ブティックが軒をつらねる。入ったことないし、縁もないし、興味ないし、お金、もちろんないし。人工的な作り物の世界が、わたしの日常と決して交わることなくそこにある。

左へ直進すれば、明治神宮。最寄り駅は、ＪＲだったら原宿駅。東京メトロなら明治神宮前駅。竹下通りは、いつも観光客でいっぱいだ。満員電車に乗ってるみたい。それが苦手で、めったに行かない。地元民は猫みたいに、もっぱら地味な裏路地をゆく。竹下通りへ入らず、もう一本先にある横道を右に折れると、クネクネと折れ曲がった細い裏通りが、中央図書館へと誘ってくれる。学校の図書館にある資料は限られているから、レポートを書くとき、近くに大きな図書館があるのはとても助かる。

学校は中高一貫、男女共学。入学するのは、そんなに簡単なところではない。わたしは高校から入った。中学から入るよりかは、幾分、入りやすかっただろう。

当時、通っていた大手の受験塾では、先生たちがとても熱心だったが、その後の塾評価に響いてくるものだから、受験する学校については、厳しい指導がなされていた。この学校について言うなら、わたしの場合、「多分、受からない」、だから勧めないが、「個人的に受けるならいい」、つまり、記念受験っていうやつ。そしてくれぐれも、「本命を別に決めておくように」ということだった。

傲慢に聞こえるから言ったことはないけど、わたし、なんだか、落ちる気はしなかった。それでやっぱり合格したとき、母親は、びっくりして、「あんた、やるじゃない」。わたしの方が逆にビビって、凶事の前触れかも。なんて思ったりした。「よかったじゃない。ものごと、すべて、成るように成るのよ」。母は達観したようにつぶやいたが、元を辿れば、じいちゃんの口癖だ。うちは脱力系。

わたしがようやく歩けるようになった一歳半の頃から、やがて小学生、そして中学校に入る頃まで——つまりそれは、じいちゃんがすっかりボケてしまうまでの十年と少しの間ということになるが、わたしは様々な格言だの詩歌の一節だの、古典、近代文学の一節などなどを、この祖父から、時々、口伝えに覚え込まされた。祖父は言った。意味は後で、自分で入れればいい、まずは音を体に入れちまいな。

わたしはわたしのなかに、どんな音が入っているのかを、よく知らない。毛糸だまをころがすように、最初の言葉を口からこぼしたら、そのあとのしらべがだーっと出てくる。

まわればおーもんのみかえりやなぎいとながけれどおはぐろどぶにともしびうつるさんがいのさわぎもてにとるごとくあけくれなしのくるまのゆききにはかりしられぬぜんせーをうらないてだいおんじまえとなはほとけくさけれどさりとはよーきのまちとすみたるひとのもうしき………。

ああ、なんて、あたたかい言葉。樋口一葉「たけくらべ」の出だしだ。

音読できても、意味のわからない言葉だらけ。日本語なのに、外国文学みたい。外国文学みたいだが、やっぱり日本文学。だってところどころ、意味がわかる。まだつながっている。一葉と。じいちゃんはもう、いなかったから、わたしは文字にあたった。辞書を引いた。注を読んだ。それでもわからないことは、むしろ、どんどん増えていく。それが楽しい。そうしてわたしは、オハグロドブにウツル灯火を、そして見返り柳を、すっかりどこかで見た気になっている。

弓術部に入部したときも、弓の引き方を一切知らなかったにもかかわらず、弓は既にわたしに親しいものだった。それもまた、じいちゃんが教えてくれた様々な物語のなかで、すでに弓が発する音を、聴いていたからかもしれない。

　わたしの中には、わたしよりも先をゆく、弓のイメージが常にある。わたしはその後を、ついてきたに過ぎない。

　鎌倉幕府の三代目将軍、源実朝が誕生したとき、邪気を払う呪いとして鳴弦（めいげん）の儀というのを行なったそうだ。矢をつがえず、指で弾いて弦（つる）を鳴らす儀式で、その音だけで邪気を追い払う。それを教えてくれたのも、じいちゃんだった。弓道というのは音楽のようらしいな。じいちゃんは矢を引いたこともないのに、そう明言した。

　うちの部のコーチも言う。弓術をやる人は、耳を澄ませと。音の出る局面が数々あって、「その音の違いを聴き分けられるようになれば、たいしたもの」なのだそうだ。確かに、矢が放たれるとき、弦が鳴り、矢が風を切って飛んでいくときも音がして、うまくいけば的にスパン！と痛快な音が立つ。途中、矢道に落下する矢もあって、わたしは、ときどきやる。あのときも、草の中にふさっと矢が落ちる。無音のようだが、そこにもまた、音が立つ。

　弓術部に入って、実際、矢を引くまで、わたしは弦というのが何を表しているのかはわからなかったし、弓と矢の区別もつかなかった。弓矢の構造を知らなかった。なのに矢の飛んでいく素早さや、その音を、想像の中では、すでに知っていた。

「平家物語」も、じいちゃんから仕込まれたものの一つだ。「扇の的」は、忘れられない。船上の扇のマトを射ってみよと平家から挑発され、那須与一が見事に射落とす場面。風が止み、射抜かれた扇が、くるりくるりと天に舞い上がる。


鏑(かぶら)は海に入りければ、扇は空へぞあがりける。しばしは虚空(こくう)にひらめきけるが、春風に一(ひと)もみ二(ふた)もみもまれて、海へさ（ッ）とぞ散（ッ）たりける。


鏑とは鏑矢のことで、放たれるとよく鳴るため、合戦開始を告げる矢であったとされる。与一が見事、扇を射落とすと、平家の武士たちは、舷(げん)（ふなばた）を叩いて感動し、源氏の武士たちも、箙(えびら)（矢を入れて背負う道具）を叩いて喜ぶ。

けれどこの話には後半、影がさす。

平家の武士たちが乗る船の中から、齢五十ばかりの男が出てきて、与一の弓の素晴らしさに感動し、舞い始めるのである。黒革おどしに、白柄(しらつか)の長刀。そのとき、与一の耳元に、「ご命令だ、仕留めよ」と囁く者あり、与一はその「舞ひ澄ましたる」男をめがけて矢を放った。その首の骨を「ひやうふつ」と射て、男を舟底へ逆さまに倒す。すると平家は、今度は物音も立てず静まり返り、源氏の方は、再びえびらを叩いてどよめいた、とある。

扇を射るだけなら儀式で済むが、人を殺せば合戦の始まり。扇は風に、揉まれて舞い上がり、人はまっさかさまに落下して死ぬ。

矢を放つとき、わたしの脳裏に、この場面が、いつもちらりと紛れ込む。

わたしは、何のために矢を射るのか。的とは何なのか。それは獲物じゃない。憎き敵陣でもない。わたしの心か。ならば、矢を放つこの心は誰のもの。

ときどき、放たれた矢に、気持ちが追いつかないでいる自分がいた。それくらい矢は、放たれたらもう、引き止めることができない。決心とは、なんて怖ろしいものだろう。考えると、一歩も前に進めなくなる。

こんなことを矢部先輩は続けてきたのだ。いまだに引きずっている。不思議な人だ。なんだか重い。そして痛々しい。けれど、矢部先輩は、わたしにとって、弓術部唯一と言っていいくらい、話しやすい先輩でもあった。何かと言うと感情的になる、他の女の先輩たちとはだいぶ違って、感情が安定していて、落ちついている。

自分でも認めた通り、先輩はいくらやっても、弓が上達しない。だからこそ、下手な人の気持ちがわかるのかもしれない。注目はしかし、あくまでも中(あ)てる人に集まる。矢部先輩は、いてもあまり存在感がないし、部員の話題にもあまりのぼらない先輩だった。射形だって綺麗というわけじゃないし、何度も言うが、的中率が悪い。

うちの弓術部の女子ときたら、とにかく他人に厳しくて、言いたいことははっきり言い、感情をあらわにして、傷つけ合う。その後さっぱりと忘れるというのでもなく、いつまでも被害者意識や恨みを持っている。本来、自分自身に向かうべき求心性みたいなものが、他人に向かっている？　とにかく、なんだか、メンドーな人々。

集中力を試されるし、メンタルの影響が大きい競技だから、なぜかいったん、的に中らなくなると、その後、何をどうしても、全く中らないということがある。ちょっとした体の不調、意識のずれ、心の傾きが、弓の所作全体に影響を与えるのだろう。

なぜ中らないかが、自分ではわからない。練習を重ねるしかないが、練習しても、なかなかその闇から抜け出せないと、精神がだいぶ不安定になる子もいる。辛いだろうな、と思う。それくらいは、鈍感なわたしにもわかる。努力が通用しない、ある領域があるんだ。そこで起きていることは、言葉にできない。的に集中するという純粋な行為が、わたしには時々「悪」に見える。集中ってこわい。それ以外をすべて排除することだから。もっと自在な心境で、弓を引くことはできないのだろうか。その点、男子部員はバカっていうか。よく言えば自在。オンとオフの切り替えがうまい。奴らは弓から離れると、馬鹿話で盛り上り、焼き肉かカラオケで切り替えられる。あの単純さ。心底、羨ましい。

うちの部に限って言えば、とにかく女子が煮詰まっていた。

だから矢部先輩みたいな人がいると、正直、ほっとするのも確か。あれほど中らないのに、あれほど冷静でいられる人も少ない。

弓術は他人との競争競技じゃない。自分とのたたかい。言葉の上では理解できるけど、自意識って、どうやって手放したらいいのか。自分を忘れて弓を引きたい。自由な境地で弓を引きたい。その塩梅がまだわからない。

わたしは的に向かう部員たちの、真剣な横顔を見るのが好きだ。自己というものを、よく切れる日本刀で、すっぱっと切ったら、あんな横顔が現れるんじゃないか。そこにはもはや、自意識の宿る隙もない。構えを解けば、時に他人に対して攻撃的になる人も、的に向かう一瞬には、別人になる。まわりの空気が凍結し、射手（いて）をくり抜いて静まりかえる。矢が放たれる。あの一瞬には、まだ二十年も生きていないわたしたちの生涯が、一矢（いっし）に全部の重みをかけて、ふっと乗り移ってくるような気配があった。

学校はいよいよ来週から夏休み。

朝のホームルームの時間に、先生から一人一人、成績評価表をもらった。それ自体は、ぺらぺらの紙だけど、しっかりした封筒に入っていて、なんだか重みがある。それ一枚なら問題はないが、もしピンク色の「お便り」が同封されていたら、その生徒は親とともに、指定された日時に学校に来なければならない。

成績に問題がある場合もあれば、素行とか授業態度など、何か他に問題点を抱えた子もいる。生徒の間では赤紙とも言われていて、しっかりした封筒に入っているのだから透けて見えるはずもないのに、自分が該当者だとあらかじめわかっている者には、封を開ける前から、それが見えるらしい。

今回、わたしの封筒に、幸いにもそれはなかった。しかしあってもおかしくはなかった。成績は伸び悩み、結果はひどいものだ。部活に割かれる時間は多く、帰宅したらそれだけで疲れてしまう。わたしのように、それからさらに隠れバイトなんかしてると、純粋な勉強時間がなかなか取れない。そして授業中は、とてつもなく眠くなる。

この学校の部活動が盛んなことは、入ってみるまで、全く予想の出来ないことだった。みんな、部活命。特に体育系。休みたくても、休みがない。休めない。その結果かどうかはわからないが、陸上部は、今年、インターハイに出場が決まった。テニス部も、サッカー部も、いい成績を収めると、表彰状が入り口のところに貼られる。文化部だってすごい。合唱部やカルタ部なんかが、全国大会の常連だ。

とはいえ高三になれば、ほぼ全員が、夏で引退し、その先には大学受験が控えている。志望者全員が入れる時代だ、なんて言われているけど、やっぱり競争はなくならない。いや、本当のところを言えば、大学入学より、この学校で順当に学年を終えていくことのほうが、難しいのかもしれない。

中等部からの内部進学者は、この学校に情けはないと、わたしのような高校から入ってきた新参者を怖がらせる。実際、新学期に、いるはずの同級生がクラスから消えていて、少し経ってから、実は転校したとか、学校をやめたとか、少しずつ現実が見えてくるのだという。

新学期まで無事でな！　世話になったな！　冗談とも本気ともわからない、さまざまな挨拶を交わして、わたしたちはいよいよ夏休みに突入した。


わたしの夏休みはバイトから始まる。手結びを売りにしているおにぎり屋。ビルの四階にある。経営者は、九十にならんとするおばあさんで、自ら店に立ち、白米をにぎる。さすがに体力に限界を感じ、店を誰かに譲りたいらしい。後継者を探していると聞いた。おばあさんには子供がおらず、そもそも結婚したことがないらしく、とりまく噂には、むかし新吉原で働いていた、なんていうのもあった。ある日、いきなり、あんた、やってみない、と言われたことがある。三十年後もね、手結びのおにぎり屋、続けてほしいんだよ。どう、やる気ない？

おばあさんは、三十になった年、この店を始め、場所を移しながらも、今まで続けてきたという。今年で開業六十年。三の倍数で繁盛してきたから、あと三十年は、という計算らしい。

本気ですかと尋ねた。すると、あんた、鼻のあたまに汗をかきながらがんばってるから、と言う。あたしの若い頃に似てる、とも。見込まれたのはうれしかった。きっと、次々、声をかけてるんだろう。

手結び、手結びとおばあさんはこだわるが、先頃、保健所の指導が入り、今は、三角の穴にご飯をつめて、それを抜いてる。だが、「手結び」と染め抜いた旗は、変わらずに揺れている。てのひらは雑菌の温床というが、おばあさんは言うのだ。「その雑菌が、昔から言う、お袋の味をこしらえてきたんだ」。

細菌兵器が話題になる昨今、そういう認識は、フード産業では、通用しない。わたしは孫のような気楽さで、おばあさんにそう、進言する。手結び、手作りという言葉は、今はまやかしの軽さを持ってしまいました。消費者はもう、それを求めてはいません。けれど作り手が嘘をつかず、作り手と消費者が、一対一でつながる、その関係性は今も求められていますよ、と。

おにぎりみたいな、単純なものはとくに、ごまかさず、手のうちをすっかり見せて、しっかり消費者とつながっていかなくちゃ。

何がいいのか、ここのおにぎりはよく売れる。あんたの接客がいいんだよ。明るくて。おばあさんは、おだててくれるが、だったら時給を、あと百円、いや二百円は上げてほしい。地面に這いつくばって、虫のように働くわたしの毎日だ。

その日は中番(なかばん)で、夕方、店を出、家路を急いでいた。母も働いているから、夏休みは、わたしが基本、夕食を作る。ときどき、持ってきな、とおばあさんがおにぎりを持たせてくれる。この日もそうだった。白米があるのは、とても助かる。そういうときには、おかずだけを考えればいい。

前方に注意を向けると、どうも見覚えのある男子が、こちらに向かって歩いて来るのが見えた。

内心、おおいにあわてる。学校以外で、学校関係者に会いたくないよ。近づくに連れて、いよいよはっきりしてきた。弓術部のオキヤマサトル。間違いはない。サトルとか、サルって、みんな呼ぶけど、わたしはまだ、それほど親しくない。

私服だから、そう簡単に見分け、つかなそうだが、オキヤマの私服の趣味が、あまりにダサいものだから、入部してすぐの、新歓春合宿のときから印象に残っていた。灰色のずぼんに白い開襟シャツ。見ただけで汗。

避けようと思った。だって、明日から、弓術部の合宿。わたしは参加しない。参加できない。無理すれば参加できないこともなかったが、参加しないと、もう決めたのだ。

顧問のアズマには、なんで?と聞かれ、秋には新人戦があるから、夏合宿は大事ですごく意味があると諭された。苦しかったが、家の事情でと乗り切った。合宿費用として十万かかる。これは母には言えなかった。

オキヤマを、無視と決め込み、すれ違う。その刹那、「おつ」と低い声で挨拶された。おつかれ、ってこと。

今、気づいたみたいに顔を上げる。ああ。恥ずかしい。

「おい、塩対応だな。こんなとこで何してんの? ま、いいか。なんか疲れた顔してる。どう? 慣れた?」

オキヤマから、いきなり、いたわられて背筋が寒くなる。な、なんで、バイトのこと、知ってるんだろう。秘密にしているのに。

「そ、そりゃ、まあ、ツカレルヨ」

「女子はきつそうだな。男子はみんな、バカだから、たのしいぞ」

あ、どうやらオキヤマは弓術部のことを言っているらしい。

「偶然だね。なんでここに？」

「おまえこそどうして」

学校が近いだけに、微妙な雰囲気が漂う。互いの疑問には、答えない。

「明日から合宿だよね」

「サエキ、行くんだろ」

「わたし、行かない」

「なんで？」

「家の都合」

「俺も行かないけどな」

ホッとする。どうして、となんだか聞けなかった。そしたら、留学するんだと、自ら、言った。

「いいなあ。どこ？」

「イギリス。ってったって、二週間ぽっちさ。夏休みでガラ空きになる現地の学校寮借りて、サマースクール」

「そんなのがあるんだ」

つい羨ましげな声になった。わたしとは全く違う人生。ちょっと打ちのめされる。だけど、オキヤマは、あんまり嬉しそうでない。

「両親の意向ってやつさ。俺が夏休みで、ずっと家にいるのが、目障りなんだ。母親が、食事作るのもしんどいってさ。なるべく俺には家に居て欲しくない。こっちも願ったり」

「それで留学？　その費用を出せる親に、まずは感謝だね」

「がち正論。ああ、早く、おのれで稼ぎてえ」

ふと、誰かに見られているような気持ちになった。

「ねえ、合宿不参加の二人が、揃ってるところ見られたら、何言われるか、わからないよ」

「それな。デキてるとか」

「新婚旅行ですか、とか。ところで留学はいつから？」

「あさって」

「で、なんで、こんなところでふらついてるわけ？」

「暗渠巡りさ」

「あんきょ、何それ」

「おまえ、この道、変だと思わない？」

「うん、普通にそう思うよ。昔から思ってた。変な道だなって。川みたいにくねってて。遊園地みたいなところもあるし、両端も護岸っぽい」

「あのね、みたいじゃなくて川だったんだ」

「へえ。そうなの？」

「それが暗渠だ。つまり昔川だったが、今はそうじゃないところ。埋めたてられたものもあるが、蓋をされて今も地下を流れる川がある。下水道として利用されているものもある。見えない川だ」

「知らなかった。わたし、近くに住んで長いのに。わたしよりこの土地のこと知ってる。あんた何者」

「サエキ、この辺なのか。カネモー」

「違う。違う。留学するあんたに言われたかないワ。この辺の住所言うと、みんな、すごーいとか言うけど、わたしのいるとこ、ネズミがカリカリ、床下の柱、かじってるような古い木造のアパートだよ。家から近い、それだけの理由で、この学校受けたの。ともだちが、家に遊びに来たいなんて言ったら、どうしよって思ってる」

そう言ったそばから、ウソだよ、と言う。

「え？　何が？」

「家に来るようなともだちなんか、いないもん」

「威張るな。そんなこと。俺にもいない」

わたしたちは、互いにともだちなんかいないと、まるで自慢するように言い合う。なぜだろう。

それは自虐？　それとも牽制、あるいは自慢。もしかしたら、わたしたちは、そう言うことで、目の前にいる人と、ともだちになりたい。確かに、オキヤマとなら、いいともだちになれる気がする。

「サエキって高校から、ここ入ったの？」

「うん」

「そんな顔してる」

「どんな顔だよ。オキヤマは」

「俺は下から」

「這い上がってきたんだね」

「両生類かよ。親がよ、投資の仕事してるんだ。今は良くても、明日はどん底になるかもしれないって商売。いっつもギラギラしてる。地に足がつかない。俺がなんか言ってもいっつも上の空。そんな親父を見てるのも不安だぜ。慣れたけどな。儲かったと思ったら急暴落、そんなのの繰り返し。あるとき、親が山ノ手に家買った。それで越したんだけどよ、仕方ねえから、俺もくっついてきた。それまでは下町で生まれて、下町で育って」

「ふうん。わたしは生まれてからずっと、原宿。このへん、確かに地価は超高いけど、わたしは賃貸のボロアパートだから、関係ないの。どんな高級な場所にだって格差はあって、探せば格安の物件はあるのヨ。うちは今、母親とわたし二人だけだから、狭いところで十分なの。見学したけりゃ、いつでもおいでよ」

　思わず言ってしまって、あ、と後悔する。ほんとに来たら、びっくりするだろう。本当に来たら、ともだち第一号だ。しかしオキヤマは、ああ、と気のない返事をして、

「な、それ、本当なら、おまえ、金、大丈夫なの？」

「もちろん、奨学金もらってるし。まあ、十分とはとても言えないけど」

　オキヤマの頬にはニキビの大きいのができている。近所の皮膚科の、おっかない西川先生なら、直ちに潰しにかかるだろう。そしたらすぐに綺麗になるだろう。

「気になる？」

「何が？」

「俺のニキビ。さっきから、ずっと見てるから」

「わ。オキヤマでも気にする？」

「俺も人間ダ」

「いい皮膚科、知ってる。紹介するよ。すぐ、治るから」

「あざ。あ、おまえ、もしかしたら、禁止のバイトでもしてる？」

　不意に真実を射抜いたオキヤマの眼力に、

「あたーりー」

　矢が的に中ったとき、的の近くに控えている人が叫ぶ、いわゆる「鳴き」を真似して言った。

「先生に言ったらあかんよ。高一のバイトは禁止されてるからね」

おどけて言ったつもりが、オキヤマは笑わなかった。そして水をかけられた薪みたいに、しゅんと静かになった。

「わたし、渋谷にはほんとの川なんかないとずっと思ってた」

「だろ。実は東京って、かつては川だらけだった」

オキヤマは、かつての東京を見たように話す。

「なんで変わってしまったの」

「街が否応なく、大きく変化する時がある。自然災害、それからオリンピックなんかのビッグイベント」

「東京でオリンピック？」

「ああ。一回目は一九六四年」

「生まれるずっと前だワ」

「二度目は二〇二〇年。幻になったね。覚えてる？」

「記憶ないな」

「俺たち、小学生」

「ああ、そうだった。新型コロナウィルスが猛威を振るって、結局、収まりがつかなかったんだよね」

「早い時期から不参加を表明した国もあった。半世紀ぶりって言われてたのに」

「一九六四年のオリンピックは、凄かったんだろうね」

「ああ。凄かったさ」

「見てないくせに」

「うちのばあちゃんが、繰り返し言うからさ。すっかり見たような気分になってる。町の名が変わり、区画は整理され、町は統合された。生活汚水が川に流され、当時の川はすごく汚れていたから、汚いものには蓋をしろってことで、暗渠化にも拍車がかかったんだ。下水道に利用された川もあった。そう、その頃、都内じゃ、汲み取り便所が次々、水洗トイレになったそうだぜ」

「そうか、汚いものは、極力見えないものにしてきたんだね。オキヤマの生まれた下町は、川がいっぱいあるでしょ」

「ああ。埋めたてられた川もあるけど、今も隅田川の支流は何本か流れてる。ゼロメートル地帯というのを、聞いたことがあるだろ?」

「うん、歴史の教科書に出てきたよ」

「歴史かあ。俺、小さいときから、川の水面を、額のあたりに見て、暮らしてきたんだ。橋のたもとから、土地と川とを見比べると、明らかに、川の方が高い」

「それじゃあ、水との闘いだったわけ?」

「それは大昔の話。治水対策が進み、どんな豪雨の時も、川の水が氾濫したという記憶は俺にはないな。台風が来て、豪雨になって、舗装された川岸に、水が溢れたことはあるけどね。でもこれからは分からねえ。予想外のことが起こるに違いないんだ」

「わたしたちの時代って、予想外の連続だったもんね。わたし、目の前の風景、全然、信じていない。いつか何もかも崩壊するんじゃないかと思う」

「それな」

「ねえ、ここが暗渠だって、どうやってわかるの？」

「この世には、暗渠を調べ尽くした先人たちがいる。暗渠の情報は、すでに多くの資料になって公開されてるよ。キーワード「あんきょ」で調べてみればいい。だけどたとえ、何一つ知らなくても、自分の身一つで、歩いてみればいいんだ。肌でわかる。この道もそう。ぼんやり歩いてるだけで、なんか、変だなあって思う」

「確かに」

「そういう違和感は大事。くねっている道、妙な高低差がある道。かつて川だったところには、いろんな証拠が残ってる。一番わかりやすいのは、橋が残っているところ。川はもうないのに、橋があるのさ。橋の親柱（おやばしら）とか欄干とか」

「親柱って何よ？」

「〇〇橋って彫りつけられた柱が、橋の最初とおしまいにあるだろ？　欄干はわかるよね。親柱は、そもそも欄干を両岸で支えるものだった。そういうものの一部が、ごく稀に残っていたりするんだよ。痕跡を見つけて、かつてあった川の姿を想像する。悪くないゾ。そうだ、見ていけよ。すぐ近くに「橋」がある」

「ほんと?」

「ああ、名残の橋」

わたしたちは、歩いて移動した。

よく知る古着屋の前に、石の低い塔があった。周囲には雑草が生い茂り、道ゆく人が、ここに腰掛けて休憩しているのを見たことがある。付近には、街灯も立っていた。余り感のある、妙な場所だとは思ったけれど、それ以上、何も考えたことはなかった。

オキヤマが、石塔の周りの雑草を手で払う。するとそこに、穏田橋と刻まれた文字が現れた。

「おんだばし」

「おんでんばしと読むんだ」

「ああ、橋だ。橋がかかっていたのね」

「だからこの下には、川が流れていた。渋谷川の支流さ。この辺りでは、穏田川と名称を変えたんだろう。穏田と言うのはかつての地名。高度成長期に、住所表示の変更で、消えたんだよ。けど、まだ施設名なんかに一部、残ってる。それも痕跡だ」

「穏やかな田んぼと書いて、穏田」

「そう。この辺りは、川の流れるのどかな田園地帯だった」

わたしたちは、はるかなものを見るときの、遠い眼差しになって、令和、平成、昭和、大正、明治、江戸と、数百年を一気に遡っていった。

水の流れる音がする。

トクトクトク。コットンコットン。

水車の回る音もした。

次第に霧が晴れ、水のありかが見えた。川がある。その岸辺で、こちらに背中を見せ、何かを洗っている男がいる。みすぼらしいがさっぱりとした縦縞の着物を着ている。

「おじいさん、何をしているの」

橋の上から声をかけた。

「おじいさんとは失礼な」

くるり、振り返って、わたしを見たその人は、どう見てもやっぱり、おじいさん。白髪の老人だ。オキヤマに似ている。面影がある。いつの間にこんなに年老いたのか。そう思うと笑える。

「わしゃ、自分の、汚れた足袋を洗っとる」

ああ、汚れた足袋なら、わたしだって洗っている。部活が終わった後は、毎回凄まじい汚れの、足袋の裏を洗っている。それだけ弓道場が汚いってことか。足袋の底も、生地がしっかりしてて、よほどにゴシゴシ擦らないと、汚れが落ちないのだ。それでも決して真っ白にはならない。洗っても洗っても落ちない汚れ。この世には、そういう汚れがある。だからいっつも適当なところで切り上げる。それを知るだけに、他人事ではなかった。

「おじいさん、足袋洗い、お手伝いしますよ」

その背中に声をかけたが、おじいさんは振り向かない。一心不乱に足袋を洗っている。傍らでは、親に置き去りにされた赤ん坊が、ねんねこに包まれて、ひえひえ泣いている。寂しさが、煙のようにたちのぼって、わたしの方へ流れてきた。

橋の上から川を見下ろす。すると、水の面に一人の老婆の顔が、揺れながら映っている。あたり一体、のどかな田園地帯。

「引き止めて悪かったな。もうだいぶ遅い」

気づくと、目の前にニキビ面のオキヤマがいた。わたしたちは、もう小一時間ほども、立ち話をしていたようだ。周囲は薄暗く、夕食に急ぐ人々が、早足で過ぎ去っていく。

足元を見れば、川などどこにもなく、泣いている赤ん坊もいない。足袋を洗っていたおじいさんも。川面に映っていたおばあさんも。

どこかはるかなところを、水が流れている。かすかな音がしている。耳を澄ます。川だ、川。

確かにこの土地のどこかを川が流れている。その流れに乗って、一気に「今」が押し寄せてきた。

早く帰って夕食を作らなくちゃ。母が疲れて帰ってくる。

「イギリス、気をつけて。テロに、自然災害に。新型のウィルスに。変な人に」

「ああ。おまえもな」

「わたしはここ、隠田村に張り付いてるからさ」

「ああ。バイト頑張れ。しっかり稼げ。帰ってきたら、飯おごれよ」

「普通、おごるよ、でしょ。イギリス土産、頼んだよ」

「ムリ。カネ、ねーよ。あー腹減った」

その声に、バイト先でもらったおにぎりのことを思い出す。

「待って、オキヤマ。いいもの、持ってるんだ。これ。おにぎり。食べて。わたし。バイトでこういうの、作って売ってるの。余りじゃないよ。できたてを貰ったの。すごく美味しいんだから」

「おっ。うまそう。コレでもう少しうろつけるワ。ありがとよ。助かるワ。またな」


七月の合宿が終わると、八月には、秋の新人戦に向けて、弓術部の練習に一層、力が入る。合宿に行かれなかった分、わたしには、休むわけにはいかないというプレッシャーがあった。誰も、なぜ、合宿に参加しなかったのかと責めるようなことは言わなかったが、ときどき合宿の思い出話が出て、余興が盛り上がったという話に、みんな笑った。意味わからなくても、一緒に笑った。オキヤマはイギリス留学の真っ最中。よく知らないけど、たぶん真っ青な芝生の上で、白いボールでも蹴ってるのかな。ちょっとムカつく。

矢部先輩は、夏休み中も、ときどき、部活動を覗きに来た。顧問のアズマは、「後輩たちの射形を見てやってくれ」などと言うくらいで、先輩に何か指示するようなこともなかった。

矢部先輩は相変わらず、微妙な立場に置かれていた。その実、後輩を指導できるほどの技量もなく、しかし来たら来たで、一回は弓を引く。限られた部活動時間、限られた弓道場という空間の中で、誰もが一回でも多く、弓を引きたい。みんなのなかに、どうしても、矢部先輩の存在が余分なものとして見えてくる。自分でそれに気づくと、先輩に悪い気がして、そういうのが、よけいに、いらいらを作った。いらいらしながらも、誰一人、矢部先輩に「もう来るな」などと言える者はいなかった。

もちろん、先輩は、率先して、矢取りや安土(あづち)の成形、矢道の掃除や、雑草抜き、そして部室と更衣室の掃除など、それはもう、まめまめしく働いてくれた。それについては、感謝しかない。なのにこの正しい行動に対しても、疎い目を向けてしまうわたしたちがいた。先輩だから、敬語を使う。先輩だから、なんとなく尊重する。たった一歳とか二歳の重量に、わたしたちは、耐えられなくなったのか。先輩の存在は、次第に目障りな鬱陶しいものになっていた。

部活動が終わると、わたしは短時間でも、バイトへ直行する日が多く、弓道場を早めに出る。すると大抵、矢部先輩とぶつかって、校門まで一緒に話しながら歩くことがあった。

基本、矢部先輩は無口なほうで、そんなに話がはずむようなことはない。わたしの中には、かすかなひっかかりも育っていたから、それがよけいに、話をはずませなかった。

ある日、弓道場を出ると、いきなり、夕立だ。あわてて西校舎に避難し、雨を払っていると、あとから矢部先輩が追うように入ってきた。しばらくは止みそうにも無い雨だった。夏休みで校内カフェは休業していたが、廊下に張り出した椅子とテーブルはそのままになっていて、わたしたちは、どちらからともなく、そこへ腰を下ろし、自販機からそれぞれ飲み物を買った。

ゴトンゴトン、と飲み物が繰り出されてくる。少しこごみながら、それを取る時、いつもかすかに勇気が必要だ。黒いゴムをかき分けながら、その奥に転がってきたものを奪い取る。それが水であり麦茶であることは、疑いがない。にもかかわらず、とんでもないものを摑んでしまうのではないか。人間の腕とか。そんなものが出てきたあかつきには、摑んだつもりが摑まれて……。毎回、そんな妄想を追い払い、えいやっと、手を入れる。

「ああ、閉じ込められちゃったね。だけどあたし、夕立って大好き。水の檻みたい」

ミネラルウォーターの蓋を回しながら、愉快そうに先輩が言う。

「すごい土砂降りですね。こういう雨が降ってるあいだって、なんか、起こるんですよね」

「なんかって?」

「なんか、できちゃったり」

「男と女?」

「うん、たとえば」

「サエキ、期待してる?」

「相手が好きだったら」

「好きな人いるの？」

「好きっていうか、まあ、ともだちみたいな人なら。先輩は」

「いるよ」

「うわ。いいな。付き合ってる？」

「まあ、付き合ってる」

「まあって」

「相手、忙しくて、なかなか振り向いてくれない」

「学校の人？」

「ううん、外の人。いろいろ難しい人」

「どう難しいんですか」

「いつも一緒にいたい。それってあたしの場合は、即、結婚、なんだけど」

「それができないってこと？」

「すぐにはできない」

「もしかしてフリン？　相手、誰？　どんな人？　いくつ？　何している人ですか？」

矢部先輩は、それを全く無視して、

「サエキ、葛飾北斎の描いた浮世絵を見たことある？」

「先輩。聞いたことに一つくらい答えてくださいよ」

「うん、いつかね。ねえ、北斎」

「北斎って、富嶽百景とかを描いた人ですか?」

「そう。それ。そのなかに、「おんでんのすいしゃ」という一枚があるの」

「知らないです」

「「おんでんのすいしゃ」にも、もちろん富士山は描かれていて、ところが遠景だから、すごくちっちゃい。それはそれでいいのよ。遠くから、見つめられているみたいでね、なかなかいいの。問題はね、北斎の描く水」

「有名なのあるじゃないですか。波の絵」

「「神奈川沖浪裏」でしょ。あれも凄いけど、「おんでんのすいしゃ」にもあるのよ」

「水車の水、ですか」

「そう、水車の羽から溢れる水がね、すごく気持ち悪い」

「気持ち悪いって?」

「水は清らかで、低いところへ流れ、一瞬たりとも同じ形をとどめない。その無性格な水を、北斎はまるで動物みたいに獰猛に描いているの。瞬間って、グロテスクね」

「え?」

矢部先輩はいい人だ。そのいい人が、いつからか、すこし扱いに困る人になった。わたしは答えに詰まった。

「瞬間ってあの瞬間のことですか」

「そうよ。一瞬のこと」

頭がカーンとした。話の飛び方が凄い。ついていけない。窓の外を見ると、いつしか夕立は上がり、それを待っていたかのように蟬がいっせいに鳴き始めた。じーじーじーと鳴く声の中に、おーしつくつくが混ざって聞こえる。晩夏だった。

バイトの時間まではゆとりがあったが、わたしは立ち上がるきっかけを探していた。世界に、先輩とわたしの二人しかいない気がした。実際、そうではなかったか。

「わたし、瞬間なんてわかりません。そんなもの、見たこと、ないです。だって、瞬間は一瞬で流れ去ってしまうものじゃないですか」

矢を射る瞬間を思い出しながら、わたしはなぜか先輩に盾突きたいような気持ちになっていた。矢部先輩は、橋を渡って、あちらの岸へ行こうとしているように見えた。誰かと一緒でなく、自分一人で。その姿は、とても強くて、特権的で、どこか敵わないようなところがあった。目の前に、初めて見る矢部先輩がいた。

わたしは一層、意地悪な気持ちになり、先輩を次第に追い詰めたくなっていた。

「先輩、一瞬って、一瞬を見たんですか。それって見られるもんなんですか」

「何が？」

「瞬間が」

そう答えたとき、かつてどこかで誰かが、これとそっくりの会話を交わしていたような気がして、クラクラと、めまいが起きた。

思い出したのは、ランボーの詩だ。

また見附つかつた、
何が、永遠が、
海と溶け合ふ太陽が。

これもかつて、じいちゃんが教えてくれた詩の冒頭だ。学校でも、文学の時間にやったことがある。ランボーの詩集『地獄の季節』のなかの、「錯乱Ⅱ」にある詩の出だし。学校では、この詩の冒頭だけ、様々な訳で比較するという授業があって、なかでもぴったり来たのは小林秀雄訳だった。

じいちゃんはこの訳が気に入っていたのだろうか。あるいはこれしか、知らなかったのだろうか。

ランボーが見つけたのは永遠だ。矢部先輩が見つけたのは瞬間だ。

けれどわたしには、その時、何もかもが溶け合い、一直線上に並んだかに思えた。

永遠とは瞬間のこと、瞬間とは永遠のこと。

「先輩、大丈夫なんですか」

「何が？」

「引退した後も、弓術部に来てくれて、わたしたちを見守ってくれて。受験でみんな、青くなってるのに。先輩、すごく余裕があるから」

「心配してくれているの？　それともバカにしているの？　それとも、敬遠？　心配しなくていいよ。あたし、受験しないんだから。先のことなんて考えられないもの。いつだって今が行き止まりよ。学校を出たら、永遠の中に突入する」

「どういう意味ですか」

わたしの問いかけが、先輩の耳には届かない。

「ねえ、サエキ、来週、同じ曜日の同じ時間、ここで待ってる。少し、話せない？」

「いいですけど。先輩、何か、悩みごとですか」

「悩みなんかはないわ。ただ、この話の続きがしたいだけ。図書館で「富嶽百景」借りて、そうして、「おんでんのすいしゃ」を見てくれないかしら。こんなこと、頼むのは、あなたがサエキだから、よ」

断っても良かったし、無視しても良かった。

けれどもう後がないような矢部先輩の目つきに、わたしは、意志をなくしたロボットとなり、図書館に行った。浮世絵全集を借りた。「おんでんのすいしゃ」は「穏田の水車」で、すぐに見つかった。

水車って、なんか、ヨーロッパの田舎の方で勝手にくるくる回ってるもの、自分とはまるで関係のないものって思っていたけど、水車は別にヨーロッパのものじゃなくて、日本にもあった。日本の江戸時代にもあった。それを北斎が描いている。

北斎の浮世絵では、水車が人間よりか、だいぶ大きく描かれている。水車はその半分が、水車小屋の外側に見えていて、下部は直接、小川に接触している。水車の心棒はおそらく小屋の内部にも通じていて、小屋の中では、その回転を利用し、別の歯車を回し、粉を挽いたり、雑穀の籾殻を砕いて精米したりしているんだろう。

休みなく。そう休みなく。川は流れ、流れ流れて流れているのだから、そこにも永遠が、むき出しになって光ってる。

いつか終わるのだろうか。終わりが来るのだろうか。水車はとうに無くなったのに、存在が無くなっても、どこかで――そう、絵の中で――回り続けている。確かに回っている、その感じ、どこから来るんだろう。矢部先輩の言う、永遠の感覚ってこんなもののことを言うのだろうか。

水車付近には――脇に桶を抱えた女、こちらに背中を向けて紐をつけた亀を散歩させてる子供、これもまた、背を向けて米を洗っている女がいる、穀物が入っているらしき大きな袋を担いでいるのは農夫で、彼の顔もまた、見えないような構図になっている。

顔が描かれていないのは、人の顔より、穀物の入った大袋の方が、大事だからか。もう一人、田んぼから上がってくる、袋を担いだ男がいるが、彼もまた、自分の顔を、担ぎ上げる左腕で塞いでいる。唯一、あからさまに顔を見せているのは、桶を抱えた女だけだが、その顔には、目鼻がごく小さく、ちょんちょんと打たれているだけだ。

音が聞こえてくる。カラカラ、ピロピロ、クロンタリン、クロンタリン、クロンタリン。

水は瞬間の王だ。流れていく、止まらない、どの一瞬も同じでなく、しかも水として連続する。北斎は、よく、そんなものを描こうとしたものだ。動き続けてやまない水を押しとどめて。力ずくで瞬間を押し開いて。まるで暴力のように。

わたしは絵からはみ出すように切れてしまっている小屋が気になった。

回っている水車は目立つけれど、水車小屋の中で、どんなことが行われているのかは、隠されていて見えない。隠すつもりはなくても、北斎は描かなかった。内部というものを見せてしまったら、それはリアルではなくなると考えていたのだろうか。江戸人・北斎は見えるものを、徹底して見えるように描いた。見えないものは描かなかった。

何者かが小屋の中に隠れている。小屋の中には一日中、水車の回る音が響いている。

矢部先輩との約束の日。西校舎のカフェテラスへ行くと、先輩はすでに来て待っていた。

「ありがとう、来てくれないんじゃないかと思った」

「約束したじゃないですか。約束は守ります。「穏田の水車」、見ました」

「見てくれたのね」

「もちろんですよ。富嶽百景。確かに富士山、遠方に小さく描かれていました。水車も回っていました。絵の中で回っていました」

「あたしが驚いたのは、水車の羽根からこぼれ落ちる水流よ」

「ええ。異様にくっきりした文様のような。北斎、今なら、グラフィックデザイナーですね」

「ね、あの水、どうみても、パスタ製造機からあふれて出てくる六ミリ幅のスパゲッティみたいでしょう。ううん、そんなものじゃないわね。肉ひき機からぐにゃぐにゃ出てくる挽肉と言ったほうがいい。野蛮な水」

「ええ、野蛮な水。生きてますよね」

「水の流れって今しかないじゃない。今、今、今。それが流れていくのをじっと見るしかなくて。北斎は、その今の今を、力技で留めてる。拡大して見せてくれているの。そうするとね、水流ってもう、挽肉みたいになるのね。そりゃあもう、清らかなものなんかじゃなくて、力なの。動力そのもの。ぐにゃぐにゃしてて、うねってて。北斎は、水が力だってことを、描いているわけよ」

矢部先輩の言うことは、思いつきで、独りよがりとも言えた。しかしわたしにはよくわかるような気がした。矢部先輩の欲しているものが。そしてこんな風に、勢い込んで話すしかない、矢部先輩のその孤独も。

クロンタリン、クロンタリン。カッタン、コックン。

水車は回る。回る回る。水車も小川も、もうどこにもないのに、音が聞こえる。回り、回り、回り続け、川は流れる。そこにもまた、永遠と瞬間が、グロテスクに股を開いていた。

「穏田の水車」にある「穏田」が、オキヤマに教わった、あの「穏田橋」と繋がったのは、先輩と会ってから、だいぶ後のことだ。すぐに気がつきそうなものなのに、わたしって、だいぶにぶい。

改めて浮世絵全集の該当ページを開くと、この「穏田」という地名に、今の東京の原宿あたりという説明がついていた。穏田川と名称を変えていたらしいけれども、元は渋谷を流れていた渋谷川。穏田川は、渋谷川の支流なのだという。その水源が、今の新宿御苑にある池や明治神宮の清正の井戸と知っても、にわかには、ピンとはこなかった。

清正の井戸は、わたしの生まれる前からパワースポットとして有名で、ブームが周期的にやってくるようだ。参拝客が押し寄せ、長い長い列ができているかと思えば、いつのまにか、人足が途絶え、静かな神宮の森に戻っている。すべてのものは流れ、変化していく。今、ある人気もやがて衰え、昨日、少女だった人も、今、白髪の老婆となるだろう。変わらないのは清正の井戸だ。音もなく水面を盛り上げ、湧き続ける透明で暗い水。その美しさ。それにしても、あの湧き水が渋谷という土地にわずか流れ出し、この土地全体を潤していたというイメージは、どこか深いところで、この地に生きるわたし自身をうるおした。

乾ききったような東京の地面の下、深い深いところに、川が流れている。その見えない川を、オキヤマとなら、共有できるような気がした。

短期留学を無事終えたオキヤマが部活に復帰したのは、あとわずかで夏休みも終わるという、なんだか、朝から佗しいような日だった。

弓術部の部活動は、男女一緒。弓道場の出入り口にある、自販機の前でオキヤマを待つ。その姿が近づいてきたとき、妙に嬉しかった。

「ヨッ、おかえり」

「よお。元気か」

「オキヤマは」

「見ての通りヨ。すげえ、楽しかったぜ」

「ちょっと時間ある?」

後ろからきた高二の先輩に、あ! おまえら、デキてるとかからかわれる。

肯定も否定もせず、ニッと笑う。オキヤマは真顔だ。いいじゃない。明日から、わたしたちはデキてる二人。

「このあいだの、穏田橋のことなんだけど」

そう言うとオキヤマが、秘密を言い当てられた人のように、微妙に狼狽した。彼の、深いところを流れる川に、わたしは無造作に触ってしまったのだろうか。

何も言わないうちから、わたしたちの足は、穏田橋の親柱に向かって歩き出す。

このあいだ、ばったり会ったときには、饒舌と言えるほどに、心の中をさらけ出してくれたのに、今日、見るオキヤマは別人のようだ。無口でだいぶ、とっつきが悪い。

歩きながら、

「矢部先輩がね」

そう切り出すと、ああ、あの人、学校やめたね。オキヤマが即座に言う。

「えっ、どういうこと?」

「だから、やめたんだよ」

「なぜ?」

「知らない」

「誰に聞いたの?」

「本人から」

「オキヤマ、親しかったの?」

「別に。帰ってきてから、渋谷の暗渠巡りでフラフラ歩いてたんだ。そしたらキャットストリートで、ばったり矢部先輩に会った。長いことありがとうって。イミフ（意味不明）でさ。聞いたら、学校を退学するって。半年もすれば卒業なのに」

同じ頃だ。わたしが矢部先輩と最後に話したのは。あのカフェテラスで、先輩は、わたしに永遠を語った。けれどわたしには、学校をやめることなど、何一つ言わなかった。わたしは結局、矢部先輩に選ばれたわけではなかった。

「わたしも、その頃、学校で矢部先輩と話をしたわ。恋の話、浮世絵のこと。短い時間だったけど。「穏田の水車」っていう浮世絵があってね」

「ああ、北斎の。富嶽百景」

「知ってるの？」

「穏田川のことを調べていれば、どうしたって、どこかであの浮世絵に触れることになるさ」

「わたしはその時、気づかなかったの。あの絵に描かれた川こそ、わたしたちの足元を、かつて流れていた穏田川なのね。水車が回っていて」

「ああ。矢部先輩はあの絵が好きなのか」

「わからない。けど、気にはなるようだった。それでわたしにも見るようにと。わたし、先輩と、穏田川の水車の水流について、話をしたの。瞬間とか、永遠とかそういうことについても。今から思えば不思議な時間だった」

「矢部桃子先輩。変な人だったなあ。だけど、俺、好きだった。おっとりしてて、優しくて。ピリピリしたとこ、まるでないもん。だけど目は、いっつも遠くの方を見てた。弓術部の中では、完全に浮いてたよね。部の女子ときたら、どいつもこいつも、こえーからな。あ、わりい。サエキも女だ」

「だからわたしも、こえーんだよ」

「まじ、おそろし」


的に届かず、草の上にふっさりと音もなく落下した矢。矢部先輩は、学校をやめることを、とっくに決めていて、それで最後と思って、引退後もああして弓道場へ来ていたのだろうか。

永遠の中へ突入すると言った、先輩の言葉が思い出された。矢部先輩が死んでしまうような気がした。まさか。

那須与一が「ひやうふつ」と射ったという、あの弓矢の音がして、それが矢部先輩の首を貫通する。いや、矢部先輩は白い扇の方か。ひらりひらりと風に揉まれ、宙に舞い上がる白い扇。それが中空でピタリと止まり、すとんと音立てて船板の上に落下する。いずれにしても、下方へ向かう運命だ。

それとも先輩はカケオチしたのだろうか。何も話してくれなかった、あの誰かと。

水車の羽根からこぼれでる水流を、肉に例えたような人が、どうして死を選ぶだろう。燃えるような目で、水を肉と言い切った人だ。夕立が好きだとも言った人だもの。

強い潮流となって、どこかを漂流している矢部先輩。見えない暗渠さながら、いなくなっても、わたしたちの記憶の、深い深いところを、流れ続ける。普段は忘れている。忘れているが、何かの拍子に、不意に思い出す。そしてまた忘れ、また思い出し、そのような流れの中に、家を出て行った父もいる。死んだじいちゃんもいた。

あれほど、達者で、智慧者だったじいちゃんが、最後、痴呆者となり、つなぎとめておかないと、朝だろうと夜だろうと、ふらふらと家の外へさまよい出るようになったとき、わたしは中学生で、まだ父も家にいた。

パンツの代わりに、オムツを当てて、そのオムツの上に、パッドを何枚も重ねると、夏などは、相当、蒸れて暑い。じいちゃんは嫌がり、オムツを剝ぎ取ってしまう。そしてズボンの前を、いつも濡らしていた。濡らした姿で、町を徘徊した。

じいちゃんの実家は渋谷川のそばにあった。米屋だった。若い頃は働き者で、雑穀袋を肩にしょって、田んぼと店とを何度も往復していたという。じいちゃんは、もしかしたらあのときの川を、ずっと探して歩いていたんじゃないか。じいちゃんはいつも失くしものを抱えていた。一番大きな失くしものが、あの川だったと考えてみることもできる。

北斎の浮世絵「穏田の水車」を、もう一度、思い出してみよう。

水車小屋の手前に、歯の抜けたじいさんが一人、描かれていなかったか。どこからともなく、囃子声が聞こえる。

じじい、臭いぞ、臭いぞ、じじい。

穏田村の子供たちは、じいさんを見ると、そうしていつもからかい、囃し立てる。

じいさんは、そのたんびに、杖を振り上げ、だーっと怒って怒鳴り散らす。何を言っているのか、誰にもわからない。

水車は回る。富士は見ている。

「さあ、休みにしよう。こっちへ来て休みなよ。団子があるよ。水車小屋に」

そんなことを言って、じいさんを落ち着かせ、川のほとりに座らせるのは、たらいを脇に抱えた女。柳腰で母に似ている。女は、じいさんのヨメゴかもしれない。たらいの中には、おしっこと便に汚れた、じいさんの下ばきが入っている。汚れきった足袋もあるかもしれない。それをこれから小川で洗う。けれど団子を食うのが先だ。

オレにも団子、オレにも団子――子供たちが群がってきて、うるさいこと、うるさいこと。わたしのような顔の幼女もそこにいる。亀を連れた子供は、オキヤマにそっくりだ。山盛りの団子は、確かに水車小屋のなかにある。でもそれは、わたしたちには見えない。

見えない水車小屋のなかに、もしかしたら失踪した矢部先輩が隠れているかもしれない。まさか、矢部先輩は浮世絵のなかに入ってしまったの？

問うても言葉は返ってこない。先輩は、そこで何をしているんだろう。薄いお茶でもつぎわけているのかな。そのあいだも、くるくる、こっとん。こっとん、くるくると、水車は回る、回る、回る。

ある日、穏田村のじいちゃんは死んだ。田んぼの中で、ひっくり返って。カエルのように白い腹を見せて。

じじいが死んだ、臭いじじい。みんなほっとして、嬉々として、小さな葬式の準備にかかる。臭い臭いと罵られても、自由自在に徘徊して、挙句の果てに、田んぼの中で、ひっくり返って。夏だった。炎天下。蟬の鳴き声が降り注ぎ、

「あたーりー」

大往生のじいちゃんの最期。

水車は回る。回る、回る。

あのときからだ。時代を超えて、地面の下、深いところを川が流れていて、わたしたちは、見えないその川を、心のなかに引き込んで生きる。

ブエノスアイレスの洗濯屋

空也は屋上へあがった。

午後四時半。風は生暖かく、空にはもわもわと灰色の雲、その切れ目から、鈍い光がどんよりと漏れてきている。ああいうのを微光というのだなと、空也は学習するように空を見つめた。異様に長く続いた冬。それももうじき終わるだろう。屋上では残雪が少しずつ溶け、水溜りを広げている。光が射すと水面は鏡となり、風景を鈍くはねかえした。風も光も、すべてが鋭いというのではなかったし、なにもかもがぼんやりとして、空也はきのう、夜学の授業で使った、分度器の「鈍角」を思い出している。冬のあいだ、とじられた空也の心は、まさに鋭角のように狭量だった。いまそれは、ふくよかに口を広げ、やってくるものを受け入れようとしている。

遠方には、大小二つのいただきをもった、いかにも、ぶざまな富士山が見えた。それをしばらく眺めていると、屋上へあがる扉が開き、影がわくように男が現れた。驚いたが顔には見覚えがある。男のほうも、先客がいるとは考えもしなかったようだ。こんなところへ上がってくるなんて、物好きか変人か何か悪い事を考えているかだ。いずれにしても一人になりたいとき、人は屋上へあがってくる。

あとから来たほうが頭を下げた。空也もまた。言葉のかわりに、こきっと首の骨が鳴る。

「一服」と男が言った。

「タバコですか」

「タバコですよ。やめようとは思ってるんだ」

「思ってる人はやめない人だ」

「言うね、おまえさん……おれ、四階の」

「あ、おにぎり屋さんの」

「そう、ヒロノブの」

このビルの四階に、ヒロノブというおにぎり屋があり、いつも男ばかりで賑わっている。男は、出しかけたタバコをポケットに押し戻した。

「ぼくはその下の、松田衣類兄弟洗濯社の」

「顔は知ってる。息子さんかい」

「いや、単に雇われです。クーヤ、そらなりと書きます。アイロンがけ専門なんです」

「アイロン専門か。面白いかい」

「相当、気に入ってます。これしかできないし」

二人は揃って大空を見上げた。

雲の間の微光が、だんだんと小さくなり、同時に、空也のなかのココロボソサが広がっていく。太陽の光を見たい。明るい日差しがほしい。

「ブエノスアイレスって知ってますか」

「なんだい、いきなり」

「アルゼンチンの」

「アルゼンチンか。行ったことはねえけど、これからも行くことはねえだろうな。おれ、飛行機こええし乗ったことないし乗る理由もないし、これからも行かねえよ」

「こっちもおなじです。ぼくはじべたを這うやもりですから。ただ、うちの親方の祖先は、大昔、移民として南米へ渡ったそうなんです。で、今も代々、ブエノスアイレスで洗濯屋をやってるそうで」

「それで」

「それでって、たったそれだけの理由で、親方もその気になって、田舎から東京へ出てきて、そして自分でも洗濯屋を始めたんです。親方は、アルゼンチンに行ったこともなければ、この先も恐らく行くことはないでしょうね。その親戚に会ったこともなければ、この先だって会うことはないんです。自分でそう言ってますから。だけどブエノスアイレスに同じ洗濯屋を商う親戚がいるってことが、親方の心を支えてるようなんです。いっつも言う。まるで知ってるみたいに。ブエノスアイレスの兄弟は元気かなあって。人間って変なことを張りあいにして生きてますよ」

「まあ、おれがおにぎり屋を始めたのだって、思いつきがころがったようなもので、別に深い理由があるわけじゃない」

「ヒロノブってにいさんの名前ですか」

にいさん、と呼びかけるとき、相当の勇気が要った。男はうれしそうに「そうョ」と言い、

「おれの名前だ。おだてられて、つけちまった」。

誰かが誰かを呼び出す電子音が、どこからか聞こえていた。やがて音は途切れ、いれかわりに男の甲高い声が聞こえてくる。

「あそこ、非常階段」

ヒロノブが指差すほうを見ると、斜向かいのビルの外階段に、アラブ系の男が一人いて、空也たちに背中を見せながら、見えない相手と大声で話をしていた。だからとか、それでとか、日本語の接続詞が聞こえてきたが、何が話題になっているのかはわからなかった。

「昼になると、おおにぎわいですね」

「やろうどもばかりが集まる。変な店だろ」

「目立つ、とはいえます。まだ食ったことないけど、よほどうまいんじゃないっすか」

「食べてみるか。今度、持って行くよ。店はあんたの他に誰がいるの」

「親方とおかみさん」

「三人か」

「はい。たいてい、受付のある三階のほうにいます。でも貰うのは悪いです。買いに行きます」

「そうかい、そいじゃ、おれのほうは一人だから、いつでも声かけてくれ」

男の目は三角になったり、急に丸くなったり、きつくなったり、優しげに見えたりした。

「やっぱ、あれですよね、おにぎりって、シンプルなだけに、むすびかたでだいぶ違うんでしょう」

「つくりかたじゃなく、むすびかたか。あんた、微妙なこと言うね」

空也は笑った。意識して言ったことではないし、そんなに褒められても。いや先方は、別に褒めたわけでもない。

「おれは、生手なのヨ」

「生手って素手ですか」

「うん。まじめなカアチャンがつくると、手に石鹸の匂いがついたりして、それがしゃりにうつるから、うまかないよ」

「ある程度、不衛生なほうがいいってことですか」

「そりゃ、衛生検査員は、ポリ手袋でと、うるさいよ。指導が入るときは、つけるんだけど、だけど生手のほうが旨いような気がする。雑菌が調味料だなんて、人に言っちゃいけないよ」

そんなことを聞いたら、もう金輪際、ヒロノブのおにぎりは食べられない。しかし当人は自分の両手を広げ、満足げに眺めている。その指は、はまきのように太い。あるいは太った蛆。生命線が手の甲のほうにまで、異様に長く延びている。

「なにも、手を洗わないってことじゃない。洗い過ぎないってだけ」

空也が黙っていたので、それは独り言になった。会話も途切れ、二人は押し黙った。話すことは何もなかった。空也は困って富士を見た。助けろ、富士。いつもこうして、ことあるごとに、富士に向かって何かを願ってきた。だがいかなるときも、富士が応じたことはなく、山とはそうして何も言わないものである。

「富士が噴火したとき、あんた、いくつだったの」

「ぼくですか、まだ赤ん坊でした」

「そうか。それじゃあ、覚えてないだろ。おやごさんのほうが大変だったな。富士サンもヨ、あんな姿になっちまって」

ヒロノブの言い方は、まるで自分を憐れむようだ。

「ぼくは今のほうが好きですけどね」

「そりゃ、前を知らないとね」

「映像見ると、やけにりっぱで」

「日本一だもの、いや、だったもの」

「コブ二つになった富士山のほうが、もののアワレがある、てか、愛嬌あります」

「噴火前は、日本文化のシンボルだったから」

「あれからいろんな象徴が消えましたよね」

「ああ、何もかもが平坦になった。みんな平民ヨ」

「そういうときこそ、おにぎりはツヨイっす」

「ハハそうかもな」

「でもあの、なんか変じゃないですか」

「何が」

「おにぎり屋って、一階ならわかるけど、四階のおにぎり屋って、なんか変です。通りかかった客が、モノを目にして、ふいっとその気になり、足をとめて買う。そういうもんじゃないですか。おにぎりって。いえ、軽く見ているわけじゃないんです。地面に近い、力強い食べ物だってことが言いたいわけです」

「それを言うなら、三階でアイロンがけはどうよ」

「一階の工場で仕上がったものを三階まで運ぶ、その点に関して言えば、いつもいささか面倒だと思ってます」

「変なビルだよ」

「ええ、構造が変なんです。なんというか、もう少し整理できるかと。しかしながら、四階まで客を上がらせるおにぎりは、それはそれで相当の力だと思いますね」

さっきから理窟ばかり言う細長いガキ。けれど、おにぎりに力があると言われれば、ヒロノブも少しは気分がいい。白く輝く塩むすびは、巨大な象をも引っ張れるかもしれない。

「売れますか」と空也が聞く。

「売り切るのヨ」とヒロノブは答え、自分の言い方に満足した。そしてついに、ポケットからタバコを取り出すと、今度は堂々とそれに火をつけた。


ごめん。もう、あたしできない。

杏子(とうこ)は言った。全身の、どこに触れても、ひゃあとかひいとか声を上げる女で、まるでよくできた性交ロボットのようだったから、できないと言われたとき、空也は最初、自分が責められているような気がした。こっちのやり方が悪いんだな。ぼくじゃだめってことか。

空也が最初に、杏子の体の中へ入ったとき、空也はまだ子供といってもいいような年齢だった。あの頃の新鮮な興奮に比べたら、そりゃあ今は、互いの欲望も静かなものになった。慣れということもある。すると杏子は優しく反論した。

そうじゃない、あたしの問題だと思う。けどあたしたちの関係の問題でもあるかもしれない。まず、あたしの身体の構造が、どうも、よろこびをむさぼるようには向いていないってこと。

なんだよそれ。出したその声は、予想外に大きく、空也は自分でびっくりした。杏子は逆に、表情も変えず、冷静に空也を見つめて言った。

あんた、昔から優しかった。あたしの表面のどこにどんなふうに刺激を与えれば、あたしがどうなるかを知り尽くしていたわ。でもあれはあくまでも表面の問題。あたしが、今、問題にしているのは、あたしのからだの内側のことなの。婦人科に行ったの。不正出血があって。そしたらきわめて特殊な後屈と言われた。極端に曲がっているのですって。子宮のかたちそのものも変わっているって。ダグラス窩というところに癒着があるみたい。生理痛や性交痛があったのは、そのせいだったのね。おおむかし、こういう女は子供もできにくいとか言われて、離縁の対象になったらしいわ。でも何も問題はないよと先生は笑った。人間の臓器は、外側からはわからないけれども、それぞれすごく個性があって、それぞれが唯一なんだから、多少傾きや形状が違ったって、それは病気などではないよと先生は何がおかしいのか笑いながら言うの。面白い顔をした先生なの。笑っていないときも笑っているようなの。あたしはとてもいっしょには笑えなかったけれど。

笑う婦人科医は、杳子のあの部分を見たのだな。空也はそう思って、しびれたように胸がむかつき、目の前にいたら、なぐりつけてやるだろうと思った。そうして、杳子に笑いたくもないのに笑うなよと言った。だから笑わなかったよと杳子が答えた。後屈という言葉を知らなかった空也は、洞窟とか偏屈とかをイメージしながら聞いていたが、それで会話に差し障りはなかった。

それで？　ええ、それで、個性があると先生が言うわりには最近多いらしいのよ。何が？　その、きわめて特殊な後屈というのが。原因はわからないけれど、この時代だからと先生は言ったわ。時代と子宮って関係あるのかしら。そのあと先生は、宇宙が膨張し続けているということについても話したわ。宇宙の膨張が子宮に何らかの影響を与えているって先生は考えているのよ。内にある子宮と、外側の宇宙が連動してるって。どう思うか？　と聞かれたから、そうかもしれないと答えたわ。自分の子宮のことって、考え続けることなんかできない。意識することもできない。宇宙についてもそうね。その意味で、この二つは確かに似ているのかもしれないわ。

だけど子宮の検査って嫌ね。あたしは股を開くわけよ。股のあいだで何が行われているのかは、まるで見えないの。それでも何かが入ってくるのはわかるの。子宮口が押し広げられて、何か透明な棒が、すうーっ、すうーっと影のように入ってくる。痛い、と感じるのは一瞬だけで、あとは無痛だし、感触がないの。それでも何かが侵入してきているというのはうっすらわかるのね。検査棒は、断らなければどんどん奥まで無言で入ってきて、断ったってもう遅いの。どんどん入ってきて、まるで警察のようだわ。家宅捜索。子宮はそうして黙って入ってくるものに、無言でノーと言ってるんだわ。おかげで自分のことが、よくわかったの。男性器が侵入してくると、痛いばかりで、実はぜんぜんよくならなかった。侵入さえしてこなければ、すべてはＯＫだったのに。

沓子はだいぶ我慢をしていたようだ。さなかにあげた声もため息も、快楽でなく苦痛にたえるものだったのか。二人がそうして話しているあいだじゅう、テーブルに置いた二つの細長いカップから、紅茶の湯気が立ち上っていた。カップの口が狭いせいか、湯気というよりそれは、アラブのお伽話のなかに出てくる魔法の煙のようで、意志ある蛇のごとく、鋭く上昇する。空也は深く見とれながら、ああ、あの煙になりたいと思う。自分の中心の例のものが、あの煙のようなものならよかった。そしたら杳子を痛めつけることなく、静かに侵入していけた。

なのに自分の現物はどうだろう。いよいよ侵入間際となれば、何かを打つほうがずっとふさわしいような、強度を持った「武器」に変化する。武器だからこそ、突っ込むだなんて言うんだな。自分のブツにとたんに嫌悪感を覚え、ならばと空也は言う。入りさえしなければいいんだ、表面をこすったり、なでたりすれば。あー。嫌な人ね。なんてあからさまな。あたくしね。あたくしかよ。もう、あれに飽きた。侵入されなければ成立しない性交に、関心失っちゃったのよ。人間って、なんて不思議なことをしてるんだろう。何万年も粘膜をこすりあわせて。やけに一生懸命になって。もういいの。一人で眠りたいわ。あんたは結局、あたしの夢には、入れない。夢はやっぱり一人で見るしかないってわけなのよ。それに、と杳子は言う。わかっているでしょう、長いこと人のために働いてきたわ。これからだって、ツルツルの肌を持つあのひとたちのために、あたしたちは一生、奉仕するのよ。あたし自身に何かしてやれるのは、このあたしだけ。一日の終わりにね、あたしはあたしに残された、こぼれかすのような時間を一滴たりとも無駄にしたくはないの。そして見た夢を遮断されることなく最後まで味わい、起こされるのではなく、自然に目覚める朝を、一日でいいから持ちたいだけなのよ。そのとき、誰もそばにいてほしくない。

空也は落胆し、杳子を一瞬、深く恨んだ。杳子を喜ばせるためならと、一生懸命努力した自分。もっともあの行為に、自分がどれほど入れ込んでいたかと言われれば、実は空也も自信がない。

杳子には決して言わなかったけれども。

性欲の減退、そう言うと、まるで以前はもりもりと欲望があったかのようだが、どちらかというと空也の欲望は、最初から薄く広く、女に限らず、石や電線、木だの花、鉄塔、音符、メロディに電車、そして商売道具のアイロンにさえ「情欲」を抱くことがある。

燃え上がった感情が、水をかけられた熾火（おきび）のように、しらけてしずまって黒くかたまった。不意に、「サメタ」という杳子の意識が、粒子になって火山灰のように空也にふりかかり、空也のなかに侵入した。空也は杳子を内側から理解した。感情移入というのとも少し違う。降り続けた灰がついにおさまり、そのときいきなり百年がたったような静けさが、空也のなかに広がった。

ぱっとアカルイものが心に兆し、わかった、いいよと空也は言った。別れてもいい。てか別れよう。あっさり言うと、杳子は少し寂しげな顔になり、あんたのその、リカイの早さが、あたしにはいつだって心配の種なのよと言った。バラバラに住むということや、もうしたくないと言ったことが、あんたを嫌いだということにならないのは、わかってくれるわね。会いたくなればまたいつでも会えるわ。あたしたちには親も兄弟もいないんだし。別れてもそれぞれを、姉と弟だと思えばいい。もともとそうやって育ってきたんだから。

だけど――と空也は反論する。ぼくらは姉と弟じゃない。別れればそれまでだ。もうそれっきりじゃないか。杳子は哀しそうに笑い、そうだね、あたしたちは他人。姉と弟なんてまやかしだねと認めた。そう、あたしたちは他人、姉と弟なんてまやかしだね、ええ、あたしたちは他人、姉と弟なんてまやかしだね、うん、あたしたちは他人、姉と弟なんてまやかしだね。壊れた性交ロボットみたいに何度もつぶやき、すると今度は、空也に揺り戻しが来て、杳子と別れるなんてことがあるものかと思う。

あたしは、あんたが好き。だけど人といると、微妙に、こう、神経がこすれてしまって。金属だって疲労するんだから、人と人の関係がすりきれたとしてもおかしくはないよね。哀しいわ。誰かと暮らしたい、誰かと生きたいの。なのにその誰かといると、自分がからっぽになってしまう。人といると、全身、鳥肌がたつのはなぜかしら。あんたとずっと暮らせたらよかった。普通に暮らせたら。杳子はそう言って、ふるえる弦のように泣いた。その泣き声は、べえんべえんと聞こえた。べえんべえん、べえんべえん。耳なし芳一が弾いた琵琶みたいだと、聞いたこともないのに空也は思った。杳子が「したくない」といったことなど、もうどうでもよくなって、そうして別れていく杳子が、姉どころか我が娘のように感じられた。

杳子はやがて猫のようにすうっといなくなり、いなくなったあとも、まだどこかにいるような感じがするところも、人ではなく猫のようだ。空也と杳子が別れたといっても、友人たちはあまり驚かなかった。杳子ちゃんが、もうできないと言うんだ。夜学に通う、ごく親しい者に思い切って打ち明けると、彼は少し驚いて言った。なんだ、おまえたち、まだセックスしてたのか。

空也の実の両親は、空也が赤ん坊のとき、地震と噴火で死亡した。同じような事情を抱えた杳子と、別々の児童養護施設から同じ里親を紹介され、ともに暮らし始めたのだったが、その里親も、六十になる手前で突然死。昔だったら短命と言われただろう。だが杏子も空也も驚きはしなかった。この半世紀、死因が特定できないまま、そうしていきなり死ぬ人間は多い。

里親が死に、身寄りもないまま二人だけで暮らし始めたとき、空也は八歳、杏子、十四歳。二人にはふるさとがない。なまりもない。人間的な感情もなかったが、少しずつ学習してきた、と空也は思う。杏子も空也も、里親には、幼い頃から家事を仕込まれていたし、将来は、家事や介護の仕事につけと、職業訓練所に通わせられていたから、自立して働く意識は、早くから持たされていた。二人とも、昼は働き、夜は夜学へ通った。長い冬には肌を寄せあい、それぞれを暖房器具にして寒さを忘れた。肌と肌とを重ねることにはすばらしい快感があったが、そこから先へ関係を進めるのにも、長い時間はかからなかった。ひょんな偶然から、空也は杏子の中にするりと入ってしまい、そのときとても奇妙な感じがした。空也は十一歳。興奮したが、人間が長いあいだやってきた営みに自分も参加したのだという奇妙な納得がストンと落ちた。姉弟のような夫婦のような暮らしが続き、ある日、杏子が家族になろうと言ったけれど、二人は、どうやって家族を作っていいのか、わからなかった。パンケーキの作り方のように、それがネット上に出ていればいいのにと思った。世間には、「事実婚」をする者があたり前のように多かったが、空也はジジツコンという名称の、きのこでも生えてきそうな、暗くじめじめとした響きが、なんだかひどくかっこ悪いと思ったので、自分は「結婚」をしようと決心していた。婚姻届にしっかり書くんだ。自分の名前と沓子の名前。

空也が十七歳になった年、こんな二人でも結婚できますかと、二人で区役所へ相談に行った。面倒な手続きのあれこれを教えてもらい、二人はついに結婚した。そしてその九年後に離婚した。離婚の手続きは空也一人がやった。

すべてを終えると、一気に年老いた気がした。二人で生きた日々を思い返し、自分がまるで生き残ったかのように感じた。暴動、反乱、テロ、革命、自然災害、気候変動、伝染病の流行、虐待、いじめ……。正体不明のウィルスが次々に出現しては、治療薬も間に合わないうちに、動物から人、人から人へと感染を広げ、それは瞬く間に世界中に散らばり、終息したかと思うと、今度はまた、別の新しいウィルスが出現した。都会の駅前、公衆の面前で、橋の欄干に紐をかけて首を吊る人もいた。人はそれを、止めることなく、遂行を静かに見届け、端末で動画を撮った。

空也は時々、誰かを罰したくなって、誰も見つからないときには、自分を罰する。むかし、ルソーという思想家がやったように、靴のなかに小さな石ころを入れ、痛い思いをして歩いたりする。それでも朝起きれば、何か朝食を食べ、歯を磨く。歯を磨いてから朝ごはんを食べることもある。


梅雨でもないのに、よおけ雨が降りよるワ。

親方が窓の外を眺め、けだるそうにつぶやく。ブエノスアイレスにも長雨はあるのかねえ。親方夫妻は、こんな仕事をしていても、衣類は太陽の光で乾かすのが一番だと言う。太陽の光がなつかしい。太陽光で乾かしたシャツに、ぴしっとアイロンがけをして街を歩きたい。少し前まで当たり前だったそれが、空也には今、ものすごく贅沢なものに思える。

くーやぁ、下のバアさんのとこ、行ってきてくれるかぁ。もうだいぶたまっとるみたいだわぁ。わかりました。駆け足で二階へ降り、村田果皮(かひ)と表札の出ているドアの呼び鈴を押す。いつも押すとき、ドアの向こうで死んでいる果皮バアをイメージする。空也のガラス球のような目には、すでにそれが映っていて、自分でも容易に剝がすことができない。身は腐り、虫どもに食いつくされ、皮がめくれあがってぱりぱりに乾燥している死体。自分はそれを見たいのだろうか。あれだけ死体を見てきたというのに。

がちゃんと音がして、ドアが開く。八十九歳のおばあさんの、かわいい、小さな顔がのぞく。あ、生きてる。不思議な感動がある。その頬には、ピンク色の頬紅が過剰にはたかれている。「オオ、クーヤ、クーヤ。いつも悪いね」。おそらく果皮バアは年が改まったこともわかっていない。だが、クーヤの顔と名前とその役目は、記憶にしっかりひっかかっている。それだけでもう、上出来と言わなければならない。何が人間に、最後、残るのだろうと思う。日々段々と、言葉を忘れ、人の名前を忘れ、できないことが増えていく果皮バアは、そうして、洗濯物を洗濯ネットに入れることだけは、決して忘れたことがない。汚れものの入ったネットを見るたび、そこにバアの、最後の意識が絡みついている、と感じる。

洗濯物のうち、水洗いできるものは大きな水色のネットに放り込んである。下着類が主なものだが、ときどき臭う。この間も、中身を確認すると、巨大な綿のパンツから、ころころと固まった、小さなうんちがこぼれ落ちてきた。「ころころ」ならまだいい。「べったり」もある。そういうときには、ついむかっとして、空也は果皮バアの頭をはたいてしまう。自分でも加減ができなくて、その力に自分で恐れを抱くこともある。いいかげんにしろよと言葉で叱りつけもするが、バアも負けてはいない。それは自分のものじゃないと怒り出す。犬の糞だ、カラスの糞だよ。なわけはない。

「クーヤよ、これは、おまいさんにアイロンをかけてもらいたいもの」。この歳になっても果皮バアはまだ、アイロンがけの必要があるウォッシャブルシルクのブラウスを着る。若い頃はお嬢様だった。家にいた使用人たちは、新聞紙やお札にまでアイロンをかけたそうだ。

暴力をふるったことを忘れていますようにと願いながら、空也は今日も、やさしく聞く。「洗濯とアイロン、これだけかい？」。「それだけだぁ」。「案外少ないね」。「冬はそうそう着替えないからね。わたしの身だって、ひからびて垢も出ないさ。ああ、シチリアの太陽がなつかしい」。果皮バアの頭の回線は、繋がったり、切れたりしている。時々繋がるとまともな会話ができる。

バアの夫は、界隈に土地やビルを持つ金持ちだった。新婚旅行では、イタリアのシチリア島へ一ヶ月ほど行ったらしい。よほど強烈に記憶に残っていると見えて、つい昨日の出来事だったかのように繰り返し語る。太陽の強烈さ、海辺へ降りる長い階段、ホテルで食べた杏のシャーベットの美味しさ。その一方で、新しい記憶はどんどん抜け落ちる。ついさきほど話した会話の内容も、食べたものも覚えていない。

夫が死んだあと、オーナー兼大家として、このビルの二階に暮らし始めたが、バアの面倒をみていた長男一家は、夫婦共に果皮バアより先に死んだ。彼らには子供がなかった。なぜか、自分のほうが親より先に死ぬと、これだけは正しい予見をして、果皮バアの老後を洗濯屋に託した。「母はああ見えて我がままなお嬢さん、施設に入れてもうまくやっていけるわけがない。今暮らしている自宅で、なんとか死なせてやりたい」。洗濯屋は長男に大金を積まれ、一切の面倒を見ることを承諾した。ビル一棟も、洗濯屋のものになったが、果皮バアはまだそれを知らない。大家のつもりで、あれこれ指示を出す。

「クーヤ、砧を知っているかい？」

「知らないです、なんですか、それ」

「キヌタだよ、タヌキじゃないよ。おまいさんは毎日、アイロンをかけているんだろう」

「ええ」

「むかし、朝鮮には、アイロンなどなかった。そのかわり、女たちが洗濯した衣服を、二本の棒で、とぉん、とぉんと交互にたたいたんだよ。そうして生地の皺を伸ばす。皺が伸びるばかりか生地がカガヤク。一所懸命、たたいたんだ。とぉん、とぉんと夜更けまで。それが砧さ。にっぽんにもその風習は伝わった。和歌にも詠まれているよ。つい最近まであったんだ。わたしの耳には残っているよ、とぉん、とぉん、とぉん、というあの音がね」

バアの「つい最近」は、ここ二百年、三百年のなかにある。

「重労働だったでしょうね。たたいて皺を伸ばすなんて」

「そうだろうねえ、大変だったろうさ、だが楽しくもあったろうねえ。棒でたたくんだよ。わたしもやってみたいよ。とぉん、とぉんと、どんな恨みも晴れていきそうじゃないか」

バアの祖先をたどっていくと、朝鮮半島に暮らした者に行き着くらしい。この半世紀、暗殺、国家崩壊、統一、再分裂と東アジアの政治はめまぐるしく変化し、その間、民間人の多くは、安全と平和を求めて日本へ流入した。多くは不法に入国した者たちだという。バアの頭のなかには、朝鮮民族の凄絶な苦労話が我がことのようにつまっていて、なにかちょっとしたことが刺激になると、ひょんなタイミングでこぼれてくる。

とぉん、とぉん、とぉん、とん。

空也もその音を想像する。聞いたこともないのに、なぜだかやけに懐かしい音だ。

今でも一日、一回は、沓子のことを考える。元気でやっているだろうか。またいつか、会えるだろうかと。

空也にとってアイロンがけは、まさに天職といっていい。この職業を選ぶ際、選択の余地など、ほとんどなかったにもかかわらず、アイロンがけには、空也を夢中にさせる何かがあった。大手のクリーニング店ではプレス機で処理するのがほとんどだが、どんな要望にも細かく応えていこうというのが、この店の親方の方針で、だからアイロニングもすべて手作業。すでに洗い済みのシャツの、アイロンがけだけを請け負うこともある。

熱をあてられ、ぴしりと緊張感をまとったシャツは、これから航海に出る船の帆のようだ。自分が着る服は、皺もつかないジャージが多い。なのにいつだって誰かのために、空也は一心にアイロンをかける。女もののブラウスにだって手を抜くようなことはないけれども、腕がなるのは、やっぱりアイロニングの原点、男もののワイシャツだ。店のアイロンは、家庭用のものより、ずっと重くシンプルにできている。親方のこだわりなのか、あるいは設備投資の金がないのか、使っているのは、アンティークアイロンと呼ばれる鉄製のアイロンだ。職業訓練所で訓練を始めた頃、空也は、教官たちから「小枝」と揶揄されるほどの細い腕をしていた。それが近頃では「排水管」だ。なにしろ、この店では、空也がたった一人の、アイロンがけの責任者。かつての繊細な草食少年も、段々と、職人の逞しさと頑固さを身につけつつある。

アイロンをかけるのは、簡単そうでむずかしく、むずかしいようでコツさえつかめれば誰にでもできる。

全体に霧吹きで、フレッシュな水をかけたら、手始めは、カラー（襟）からだ。生地が傷むから、不必要に幾度もアイロンを当ててはならない。生地の裏から一気にすべらせ、少ない回数で皺を伸ばす。生地の縫い目には、アイロンの先端を当て、目を寝かせながら、丁寧に熱を当てる。

カラーがすんだら、袖口、そしてヨーク。ヨークは最もアイロンをかけにくい部分だから、そのために用意された、枕のような補助器具もある。ここでもアイロンの先端部分を使いながら、円を描くようにかけていく。

バックは、シャツの一番広い空間だ。鼻歌でも歌いながら、上機嫌で仕上げること。

難所は前たてのボタンとボタンの間だが、ここも先端部分を使って、小さなワルツでも踊るようにかけてみよう。

袖に折り目をつけ、型崩れ防止用のボール紙をはさみ込んだら、最後、三つ折りにしてビニール袋へ。

誰に教わったわけでもないが、完璧をめざすあまり、やりすぎてはいけないと、空也は自分を戒めている。その加減はむずかしいが、人間の手作業の「雑味」というものを、残すくらいが、いい仕事だ。神経を使うところ、大雑把でもよいところ、めりはりをつけながら、アイロニングを「音楽」と心得、流れのなかで作業を終える。これが空也の、今現在、たどりついた境地だ。

それでなくとも、空也には、なみはずれた集中力がある。止められない限り、いつまでも一つのことをやり続けてしまう。親方はそのことをよく心得ていて、必ず途中で声をかける。おい、空也、一区切りしてあがれ。

むかしアイロンがけを最初に始めたのは、軍隊の兵士たちだったと親方は言う。集団の秩序を維持するためには、皺のない軍服が必要だったのだろう。そんな話を聞くと、空也は自分のなかにも、小さな兵士が住んでいると思う。折山のついたワイシャツを着て、きびきびと働く男たち。彼らは空也と、まるで階級が違う。うらやましいと思ったことはない。彼らになりたいと思ったこともない。歩き出したところから何もかもが違う。彼らの秩序を支えるために、空也は働く。今日も明日も。

杳子を失い、空也の生活は、重心というものを失ったようだったが、商売道具の鉄製のアイロンの、あの確かな重量だけが、かろうじて空也のこころを鎮めていた。アイロンがもっと軽いものであったら、作業はもっと楽だっただろうが、同じ充実感を得られるとは到底思えない。あの重みは、空也のなかの、何かを傷つけたいという衝動のようなものを、いつも静かになだめてくれた。アイロンがけをしていなかったならば、空也は誰かを殺していたかもしれない。アイロンの、鋭い切っ先が、ときに自分の性器のように感じられ、ぐいぐいとシャツの皺を伸ばしていくその力が、草をなぎ倒していく強風のようにも、戦車の進行にも思える。気づくと空也のそれは、アイロンをかけながら、棍棒のように固く立ちあがっていることすらあった。

ただ、どんなに熱いアイロンも、冷えるときには冷える。しかも急速に。冷えたアイロンは、何の役にも立たないばかりか、その鉛のような重さで人を圧した。仕事の道具として役立っているときはいい。役目を終えたアイロンは、ただそれだけの固まりになった。ぶすっと黙って冷えているアイロンを見ると、空也は、さびしさと同時に親しみも覚えた。まるで自分を見るようだった。

消えた杳子が残したものがある。ドガの描いた絵、「アイロンをかける女・逆光」だ。最後の二ヶ月ほど、トイレの壁には、何かの雑誌から切り抜いたらしい、その絵が貼りつけられてあった。

アイロンをかけている女。逆光のなかで、彼女のシルエットが濃く浮かび上がっている。女の心の内はわからないが、日々、憂慮や心配がなくなるはずもない。しかし絵に描かれた一瞬においては、そうしたものを放念し、女は深く我を忘れているように見える。ましてや自分が描かれているとは、全く思っていない。ただ無心に、自分の手元に視線を落としているだけだ。片手でシャツを押さえ、片手にはアイロン。主役はどう見ても、彼女の「手元」にあり、スポットライトはそこに当たっている。女が画面いっぱいに描かれながら、彼女は決して主人公ではない。そのことを誰よりも知るのは彼女自身だ。かすかに見える横顔からも、その表情は推し量ることができない。普段の彼女は、人目に立つことのない「見えない人」だ。だが美しい。だから美しいのか。彼女はどこまでも静かである。見ている者が吸いこまれてしまいそうだ。絵からは音が聞こえない。この静けさを作っているものは何か。女だろうか。アイロンだろうか。だが女が、アイロンがけという作業に勤しんでいる以上、そこには幽（かす）かながらも、労働の音が立っているはず。蒸気（スチーム）が立ち、布の上をすべるアイロン、シャツを翻し、さばく指。そうした一切を画家は聴いている。空也も聴いている。

女の肩、背中の丸み。かすかに作業台の方にかしいだその角度が、日常の重さを見る者に思い出させる。女は誰に奉仕しているのだろう。その衣類が自分のものでないことは、誰の目にもあきらかだ。女は貧しい階級の出に見える。女は誰かのためにアイロンをかけている。便器に腰をかけながら空也は、絵のなかの女に欲望を感じる。女の顔が見たい。どうしても。お願いだ、ぼくを見てくれ。

すると彼女がくるりと正面を向く。さあ、これで、今日の仕事は終りよ。またあした、シャツにアイロンをかけるわ。あんた、疲れているわね。目の下にくまがあるもの。いつまでトイレでふんばってるの。痔になるわよ。そんなにいつまでもあたしのこと、見てるんじゃないのよ。

女の肌は青みが透けてみえるほどに白く、韓国の磁器のようだ。化粧というものをまったくしていない。色の悪いくちびる、シカのような細い鼻、灰色の深い目。即座に美人だと断言する人は少ないだろうが、空也にはじゅうぶん美しくみえた。杳子の顔によく似ていた。

降り続いた雨がようやくあがったとき、ヒロノブは、雲の切れ目からこぼれる太陽の光を神の降臨とも思った。望んでいたものはこれだった。もう何もほしいものはない。食べたいものもなければ、手に入れたいものがあるわけでもなく、金を儲けたいと思っているわけでも、そうして特別の愛がほしいわけでもなかった。おにぎり屋はぎりぎり、生活ができるくらいの儲けがあればよく、品質を落としてまで利益を出そうなどとは思わない。幸い、固定客がついていて、見知った顔に売っているというのが現状だから、これはほとんど商売ではない。商売でないなら、じゃあ何なのか。ただ、にぎっている。彼らのために。四階までおにぎり求めてあがってくる、彼らのために。

午後三時。殺風景な屋上には、所々に水溜りができている。午後の光を受け、水面は鏡のように強い光を放っている。ヒロノブはまぶしくて目をそむけた。横溢した光が、そこに映ろうとする風景すべてを、強くはじいて押し返している。二十年続いた異性婚に終止符を打ち、同性婚の認められたこの区に越してきたヒロノブは、いっしょにおにぎり屋でおにぎりをにぎるつもりだった相手に、開店間際になって逃げられた。見目麗しい男だったが、約束を守らないところがあったから、思い返せば不安はあった。最低のクズだが今も忘れられない。しばらくはおにぎりをにぎる手に力が入らず、出来上がりを手に持てば、ごはんつぶがぼろぼろくずれ落ちるありさまだった。自宅の屋根から飛び降りた。だが平屋だったからかすり傷を負っただけ。

おにぎり屋を始める前は大手生命保険会社で社内の出世競争にあけくれていた。そこにやつが現れて、ヒロノブは妻と娘を捨てた。今になってみると、捨てられたのは自分のほうだと思う。娘はその頃まだ、中学生だった。日曜の昼間、めったに見ないテレビがその日だけはついていて、画面には、素人ののど自慢大会が流れていた。それじゃ、お父さんは行くよ。誰もテレビを消そうとはせず、深刻な場面に、素人たちの歌う下手な歌が流れていた。鐘は二つ以上、めったにならなかった。娘は眼を見開き、表情は固まっていた。そして最後まで父親を見なかった。——声のいい男だったんだ。その声を聴いたとたん、心棒がへしおられてしまったんだよ。ぞよぞよと皮膚の毛が総立ちになり、おれはくるった。あんなことがあるんだよぉぉ。あんなことが——。恋という「旧世界」に属するものを、ヒロノブは五十を過ぎて、初めて経験したのだった。

あるとき、ヒロノブは運転していて、他の車を追い抜こうとした。そのとき「やめとけ」と声が聞こえた。もう一人の自分だったろうか。ぞくっとした。自分は変わったと思った。終わったような気がした。人を追い抜いたり、出し抜いたりするとき、優越感とよろこびしか感じなかった男が、自分が何かを追い抜いてしまうときに、うっすら恐怖を覚えるようになっていた。ヒロノブは老いた。恋をしたとき、十も二十も若くなったような気持ちでいたのに、男に逃げられたら、今度は一気に三十も四十も老けこんだ。

そんな来し方を思い出しているそのとき、屋上の出入り口から影がわき、長身の者が現れた。空也だった。ここで会うのは久しぶりだ。物好きなやつだな。きっと何か悪い事を考えているんだ。互いが互いのこころをはかりながら、二人は並んで富士を眺めた。

空気のなかに梅の香りがした。こんな殺風景な世界のいったいどこに、梅の花があるというのか。空也がまず、口を開いた。

「幽霊ビルが増えましたね」

「わかるかい？」

「ええ、不思議ですが、人のいないビルは、見るだけでわかります」

そう言いながらふと思った。それではいったい、自分らのいるこのビルは、向こう側からどんなふうに見えているのだろう。すると同じようにがらんとした、廃墟ビルが思い浮かんだ。

「このあいだは、おにぎり、ありがとうございます」

買いにいくとあれほど言ったのに、そうして、ヒロノブの、天然調味料入りのおにぎりを、少しでも先延ばしにしようと目論んでいたのに、ある日、ヒロノブのほうから差し入れだといって、おにぎりをどっさり持ってきた。それは三十個くらいあって、賞味期限であるその日のうちにはとうてい食べきれない分量だった。

事情を知らない親方夫妻は、それでもおいしいと喜んだ。最初の一口を、目をつぶって飲み込むように食べた空也は、しかしその意外なおいしさに、力が抜けたのだった。

「おかみさんが、ありがたいけど、でもさすがに、これは多いよねって」

「足りないより、いいでしょう」。ヒロノブはそう言って満足げだ。「モノを贈る場合はむずかしいね。相手のことを考えても考えなくても、結果は同じで、ことごとく見当違い。多いか少ないかで、ぴったりしたものなんかどこにもない」

「やっぱり食べきれなくて、このビルのバアちゃんに持っていったんです」

「ああ、あの、二階に住む」

「はい。果皮バアちゃん。日に五回は食べるんです。食べたことを忘れるんです。いっつも何かを探してるんです。でも喜んでいました。おにぎりを見たとき、子供みたいに」

「あんたらだけで、看てるのかい」

「ええ、死んだ息子さんに頼まれたから」

「他人だろ」

「ええ、他人なんですが、気がつくと、他人ばかりじゃないですか。どこもかしこも。みんな死んだんです」

空也はただ、実感を言った。

「今日はやけに富士がくっきり見えるな」

「空気が澄んできたせいでしょうか」

「去年よりは、川の水もいいようだが」

「どうも宇宙は膨張しているらしいです」

空也は杳子のことを思い出していた。前に空也が杳子の中に入ったとき、ペニスがへなへなと萎えてしまって、自分が真っ暗闇の、宇宙のなかに浮かんでいるような心もとなさを覚えたことがあった。杳子とはつながっていた。けれど杳子の向こうに、深遠な温かい闇の穴があった。穴の向こうには、さらに真っ黒な大海があり、そこを泳いでいく小さな魚が見えた。生まれる前の自分の姿だと思った。

「人が死ぬとき」とヒロノブが言う。「手をこう、じっとにぎってやるんだ。そうすると、命が延びる」

「ほんとですか」

「おふくろがいよいよだめだというので、枕元に親族が集められたとき、おれがそうして、手をにぎってやったんだ。そうしたら、おふくろの手から腕へ、腕から胸へ、胸から全身へと、血がざあああっと流れ、おふくろの身体が温まってきたのがわかった——。怖かった。時間がここから彼方へと流れるんじゃなくて、あっちの方から、こっちのほうへ逆流してきたみたいでね。死のうとしている人が引き返して来たみたいでね」

ヒロノブはやはり、にぎるとき、威力を発揮する男であるらしい。空也もやってみたくなったが、そうそうまい具合に、死にそうな人は現れない。せめて果皮バアの手をにぎってやるしかない。

杳子がいなくなってから、いや、彼女がまだそばにいるときからすでに、空也は長く人肌に触れていない。そのことを思い出して、

「ヒロノブさん、ちょっと、手を見せてくれますか」と言った。

「なんだよ、きゅうに」

そう言いながら、ヒロノブは素直に、自分の右手をさし出した。その手をくるりと下に向けさせると、空也は自分の手を甲に重ね、かるく握った。「こんな感じですか?」。練習を装ったけれども、空也はただ、ヒロノブの手に触れたかった、それだけだった。空也の手から、ヒロノブの手へ、静かに移動していくものの気配があった。空也の手はつめたく大きく、ヒロノブの手はあ

たたかく小さい。ヒロノブも空也も、久しぶりに人肌に触れた。炊きたての白米とはばかに違う。アイロンの取っ手とはまったく異なる。人の肌。人の肌は。

「五十年後、おにぎりは生き残っているかなあ」。ヒロノブが言う。空也は重ねた手を解きながら答える。

「おにぎりはだいじょうぶじゃないですか。なにしろ究極の食べ物ですからね。アイロンがけは、いらなくなっているでしょうね。ましてや手作業は。アイロニングなんて前時代のお伽話ですよ。皺のない未来が待っています。ぼくたちはきっと、ツルツルなものに囲まれて……」

「いや、皺は必要だろ。それが過去というものだろ。痕跡がなくなったら、おれたちはどうやって時間を感じたらいいんだ。ツルツルになった世界がどんなに味気ないものか、おれたちはさんざん、わかっているはずだよ。すべてが更新される今だけの世界。皺があるかぎり、アイロンも必要だ。アイロンのために皺があるわけではないが」

「あ、雪ですよ」

先ほどまで兆していた光が、再び厚い雲に覆われ、あたりには一面、冷気が立ち込めていた。空也もヒロノブも裏切られたように思った。人類がことごとく滅亡してしまって、屋上に二人だけが取り残された気がした。

「みんなどこへ行ったんでしょう」

「とりあえず、おれたちはここにいる。まだ世界が終わったわけじゃあねえよ。白飯、食うか。

何の具もないけどよ。即席の味噌汁もつけて千円で食わせてやる」

「金とるんですか」

「タダですむのは一度限りだ」

ブエノスアイレスにも、雪は降るのだろうか。空也は初めて、親方の「親戚」に思いを馳せた。その人は無口だろうか？　それともよくしゃべるのか？　家族はいるのか？　好きな人は？　何を好んで食べているのだろう。そしてアイロンがけはするのかしないのか。するとしても、やっぱり人の衣服にばかりアイロンをあて、自分は皺くちゃの服を着ているのではないか。会ったこともないブエノスアイレスの洗濯屋を、空也は今こそありありと身の近くに感じた。

凍てついた富士は霞んでいくが、遠くのビルの屋上から、一人の男が手を振っているのが見える。子供だった頃は、知らない人にも手を振った。知ってる人にしか手を振り返さなくなったとき、自分は大人になったのだろうか。空也は不器用に手をあげた。そしてその手を左右に振った。ぎこちなく見えたとしても、それは多分、寒さのせいだ。

聖毛女

水道管を下る水音がする。薄く眼をあけると、デジタル時計の緑色の文字が4時13分を示していた。外は暗いが、もうじき夜が明ける。階上のどこかの部屋で、早々とシャワーを使っている人がいる。誰かをうっかり殺してしまって、その返り血でも洗い流しているのだろうか。

三十分もしたら、起きなければならない。起床のベルを、わたしはのどかすぎるホルンの音色に設定しているけれども、どんな音色で起こされたところで、朝の辛さが軽減されるわけではない。

清掃人のあいだで、以前ちょっとだけ話題になったテレビの連続ドラマがあった。舞台は英国の貴族の館。アンナという女中の一人が、デイジーという女中見習いの少女に起こされる場面。ベッドにいるアンナは、こう、つぶやく。*Just once in my life, I'd like to sleep until I woke up natural.* ——一度でいい、自然に目覚めるまで眠っていたい。

字幕を見て、わたしは小さな衝撃を受けた。自然に目を覚ますという目覚め方が、そういえばこの世にはあったのだ。アンナ同様、わたしもまた、あまりに長いあいだ、奴隷の眠りを続けてきた。近頃では、目覚ましが鳴る前に自然に目が覚めてしまう。こういうのを、過剰適応というのだろう。

ベニヤ板のように平べったいわたしの生。家族もいない。子供もおらず、今もホテルの最下層、女中部屋と言われるごく狭い一室で暮らしている。ベッドと小さな机・椅子を除けば、あとの家具はすべて造り付け。わたしが明日死んだとしても、所持品はこの小さな部屋に置いてあるわずかなものだから、片付けはきっと短時間ですむはずだ。

仕事の内容は単純なのに、慣れるまでには時間がかかった。

ここに棲みついている客もいるにはいるが、多くは一週間も続けていない、泊まりの客だ。入れ替わり立ち替わり、人が去来する。ホテルは流動的な空間なのに、一晩、人が泊まっただけで、部屋には濃厚な空気がこもる。その空気は、なぜか悪いガスのように、人を排除し傷つける。わたしはよく思ったものだ。ああ、「いる」ということは、人やものをどかして、そこに「いる」ということなのだと。

チェックアウト後の部屋には、客がいないだけで、その人の存在感というものは、まだ消えていない。散らかし放題のおぞましい部屋を見ると、そこに寝泊まりしていた人の風貌が想像され、時には肉体を伴って、ありありと見えるような気がして、吐き気を催したものだった。

清掃人たちが、「ダリ」と、隠語でひそかに呼んでいるものがあった。使用済みのコンドームのことだ。最初、意味がわからなくて戸惑っていると、同僚が、これだよと言って、端末で検索し、一枚の絵を見せてくれた。そこには、だらりと垂れた時計の絵があった。なるほど、質感が、あれと似ている。有名な絵だ。わたしもどこかで見たことがある。「記憶の固執」という、初めて聞く難しい題名がついていた。

そんなものをむきだしのまま、放置しておくなんて。最初は悪趣味な客の嫌がらせかと思った。だが、意識してそんなことをする人は、ほんの一握りで、多くの客は無意識なのだと思う。いくら散らかしても、数時間後には、すべての痕跡は消され整えられる。それに慣れてしまうと、羞恥心の感覚など麻痺してしまうらしい。散らかしていい、誰かが片付けてくれる。そう思うときの「誰か」には、顔がない。

つまり、わたしたち清掃人は、人の生きた「痕跡」を、ぬぐいとる職人なのだ。何もなかったかのような新しい一日を、毎朝、客に提供する。

浴室にはりつき、うずまく髪の毛、食べ散らかされた食品のパッケージ、充電中のからみあったコード、しわ寄ったシーツ。そのなかに、まぎれこんだパンツ。乱れたすべてのものを整え、刷新した後は、部屋の常備品が消失していないかどうかをチェックする。ドライヤー、タオル大小各種、ボトルに入ったシャンプー・リンス・ボディソープの類。客が持って帰っていいのは、使い切りのアメニティグッズだけだが、湯沸かしのミニポットが最近、よく消えている。

諦めや怒り、悲しみといったネガティブな感情を、清掃人はうまくコントロールしなければならない。とりわけ怒りにつかまってしまうと、自分自身が蝕まれる。けれどこの場合の怒りとは、客に対して、どこか対等であるという意識からうまれるものだ。客と清掃人とは、本来、対等でなく、交流を持つこともない。だからわたしたちは、客室で「居合わせる」ということがない。もし仮にそうなってしまったら、わたしたちはタブーに触ってしまったように失礼を詫びる。つまり、怒るということ自体、職業上、おかしなことなのだ。そう考えられる頃には、わたしはもう、年月だけは重ねた、ベテランの、そして堕落した清掃人になっていた。

わたしたちが見るべきものは、部屋の乱れという現象の表面のみ。背後に見え隠れする、客個人の姿かたち、その来歴や性格、感情の動きを想像するのは一切やめることだ。

わたしたちは、無秩序から、見かけだけは頑丈で完璧な秩序をクリエイトする。たとえ瞬時に破壊されるとしても。

清掃作業が終わった後、わたしは自分を甘やかすささやかな行為をする。窓から「東京風景」を眺めるのだ。たったそれだけ? そう、それだけだ。

ベッドのすぐ横には、ほぼ天井から床までを貫く、とても大きな窓がある。

スィートルームを除いて、どの部屋もさして広くはないが、ホテルのウリは、この窓から見える風景で、こればかりは立ちすくんでしまうほどに圧倒的だ。

林立する高層ビル群。首都高速道路。さらにその下に米粒ほどの歩行者と車。低層のビルたちが頭上に広げているのは、わびしいコンクリートの屋上だが、それを眺めて虚しい気分に浸るのもいい。かもめが一羽、ビルの隙間を縫いながら、なめらかな弧を描き飛翔していく。ビルに隠れてよく見えないけれど、本当は近くに海と川があるのだ。向かいのビルの窓越しには、立ち働く人の姿が小さく見える。こちらから見える以上、向こうからも見えるはずだ。一度、小さく、手を振ってみた。窓際に座っている眼鏡をかけた女性がいた。その人は、わたしを認めると、同じように胸のあたりで小さく手を振り返してくれた。わたしはびっくりし、とても嬉しくなり、奇跡が起きたような気がした。わたしは孤独だったが、あの人もそうだった。そのことを了解すると、自分のしていることが途端に恥ずかしくなって、窓際を離れた。

室内は、分厚いガラスに隔てられているせいで、外界の音は一切しない。それでも空気を微かに傷つけるような、きしきしときしむ音が聴こえる。空調設備がたてる音だ。

まれに、様々な事情で、夜の時間帯に部屋のメイキングをするよう、命令がおりてくることがある。住み込みのわたしは率先して働かなければならない。夜の東京に繰り出したことはないが、それを眺めるのがわたしは好きだ。作業の前に部屋の灯りをすべて消し、メイキング前のベッドに身を投げ出す。いけないこととわかっているが、ささやかな反抗と目をつぶって聞いてほしい。横目で窓からの風景を眺めながら、わたしはやわらかく股を開く。そうして、胸いっぱいに東京を抱く。東京を呼吸し東京と寝る。

ごく近い未来にこの都市も滅亡するだろう。十年後、消滅している世界都市リストに、東京があげられ始めたのは数年前のことだ。理由としてあげられていたのは、避けられない巨大地震、新たなウィルス禍、それによって引き起こされる不況、人口減など。どれも新味のない、虚しい分析だ。

この町の、遠近に明滅する小さな灯り。それはひとが生きているという証。ひとつの都市が滅亡するそのとき、このわたしが生き残っているとはとても思えないが、その瞬間を、実感できない以上、妄想を捨てて、生きるだけだ。

わたしはベッドから身をおこし作業に入る。すべてが無事に終了したら、客へのメッセージカードに自筆のサインを入れ、サイドテーブルに置けばよい。靴の底には消音のためのフエルトがついている。わたしたち清掃人に足音はない。


かつて母とふたり、山間のバス停にたたずんでいた。一日にたった二本、朝と昼だけ、走るバスだ。早朝だったから霧が出ていた。

父や祖父母と別れ、母とともに東京へ出たのは、わたしが十一歳になったばかりのころだ。行くンね、明日、と母はわたしに言った。そして稼がなヤ、と呟いた。怖れることはない。自由になるんヤと。どこへ行くのか、聞かなかった。なぜ今なのかもわからなかった。

母は、美しいとはいえないまでも、優しい顔立ちをした、ごく普通のにんげんの女だった。

異様というなら父のほうだった。男でありながら、頬は白磁のなめらかさ、娘ながらその横顔をほれぼれ見つめた記憶がある。帆のようにそそりたった鼻筋、可憐に赤みを帯び濡れたくちびる。冷たいという記憶しかないその性格さえ、美しさを支える要素の一つだった。

「美しさ」そのものの父は、自分の外側に、「美」が存在するなどということに、思いが至らないという顔をして生きていた。そんな性格が、父自身を蝕まないはずがない。死んでいなければ、還暦少し前。今更会いたいとは思わないが、父の方も、同じだろう。美貌のおのれから、こんな醜い娘が生まれるとは、思ってもみないどころか、わたしを娘と認めることすらしなかった人だ。

母は義父母から罵られた。獣と交わり、獣を産んだ女、到底嫁とは認められない、と。それでも母は、十年の歳月を婚家で辛抱した。

誰の子かと問う義父母に、父以外の誰の子でもないと母は泣いて訴えたそうだが、父はどんなときも、終始無言で、最後にはたった一言、「そんなことは誰にもわからん」と言い放ったという。身も蓋もないことを真顔で言う人だった。感情のぬくもりもユーモアもなかった。父はある種の機械だったと思う。

しかし母はたくましかった、いや単に、血のめぐりが悪いだけだったのだろうか。何の手助けもしてくれなかった夫を、うらむというのでもなく、理解していた。

お父さンいうおひとは、きれいな男じゃった。すれ違ったみんながみとれたもンよ。無口じゃったね。何も言わンと。自分の考えも意見もないンよ。しゃべれンわけでもないのに言葉使わン、いきなり行動で示すンよ。結婚するときも、そうじゃった。あの家にあたしンをひきずってって、蔵で服を脱がされたンよ。言葉はしゃべらンが、音たてる人じゃった、食べるン時、くちゃくちゃくちゃくちゃ、口のなかで音がたつン。顔は綺麗でも犬トー、犬。あたしン抱くときも、無言だった。びちゃびちゃびちゃびちゃ、音だけたつンよ。

母には友達というものが一人もいなかった。父はそれ以上に孤独な人だった。祖父母たちの顔を、わたしはもう思い出すことができない。わたしは彼らに名前を呼ばれたことがないし目を見て話しかけられたこともない。

本家と呼ばれた広大な屋敷には、畳の大広間と、魔法のように細かく仕切られたいくつもの小部屋があり、わたしと母が入ることを許されていたのは、土間と大広間だけだった。わたしたちは離れに暮らし、労働力として畑にかりだされ、足腰のよわった祖父母たちは、一日中、長いお経をえんえんとあげていた。

父はその時、何をしていたのだろう。どこかへ出かけていた。働いている父の姿を、わたしはほとんど見ていない。

東京に出てきて母のしたことは、わたしをまず医者に見せることだったが、どこへ行ってもしまいには、形状異常にすぎないと言われ、皮膚移植に生涯支払いきれないほどの金額が示された。ただ、最後に診てもらった医者は、彼自身、重篤なアトピーに苦しんでおり、わたしの目を見てしっかりと診察してくれた。ちらっと見ては顔をそむける医者ばかりだったから、たとえ治してくれなくても、彼の言うことなら、なんでも聞こうとわたしは思った。

「お気の毒です」と彼は言った。他の医者に言われたのなら、耳を通り抜けてしまったであろう平凡な言葉も、彼の声に乗ると、心にしみた。その医者は、子供だったわたしに、正面から対等に向き合ってくれた。

「今は、みんなが、身体や心に、何かの不具合を抱えて生きている。だいたい、朝起きて、どこにも異常がない、という人はいないでしょう。それが傍目に見えたり見えなかったりするだけで、わたしたちはすでに、傷だらけなんです。そんな時代、恐ろしい時代。原因をたどれば多岐に渡り、直接の原因を特定することなど、できないでしょう。大気汚染、土壌汚染、様々な公害。魚が死んでいる。カラスが落ちてくる。人間がいて何か少しでも前向きなことをしようとすれば、必ず何かのひずみを生むでしょう。完璧な健康など、どこにもないのです。あなたの場合は単なる形状異常であり、その異常がもたらすのは、まずは他と違うという自意識からもたらされる本人の精神的苦しみですね。それによって発生するいじめもあるでしょう。酷いことだが、覚悟してのぞめば、現実には必ず予想外のことが起こるものです。期待してもいけないが、悲観する必要もない。あなたの抱える苦しみは、わたしの想像をはるかに超えたものです。しかしそれ自体に内在する疾患ではなく、また機能の障害でもない。それによって派生する関係の苦しみが一番大きい。どんなふうに、あなたを助けたらいいか、わたしは率直に言って、わからないのです」

正直な医者は、そう言って黙った。長い長い沈黙だった。わたしは彼に好感を持った。

「今、世の中には、非常にわかりにくい障害や病いが増えている。深刻さを言えばそちらのほうが大きいかもしれない。あなたには見るところ、豊かな感情が湧き出ている。あなたの目を見れば、それがわかりますよ。あなたは賢い。人よりはるかに優れた知能がある。あなた自身も、そのことがわかっているでしょう。人間であることはそれ自体ですでに異常な時代です。誰もが同じ条件下を生きていると思いなさい。親はあなたより、早く死んでしまう。親以外の、わかちあえる誰か、その一人が見つかるといいのだが。そのひとと生きるのですよ」

母は体の良い言葉で見捨てられたと思ったようだったが、医者の言葉はこころにしみた。わたしはそのまま、近所の公立中学へあがった。

わたしに鏡を見る必要はなかった。わたしを見る人の目が鏡だった。子供であろうと大人であろうと、ある人は驚き、ある人は哀れみ、ある人は感情を押し殺そうとして、目の奥がふるえていた。

なぜ、顔だったのかといつも思う。考えたところで現実が変わるわけではないのに、それでも思わずにはいられなかった。お面のように、いつかこの顔を、すっぽり剝がせたらどんなにいいか。夢のなかのわたしはいつも綺麗だ。ああ、よかった、治ったのだと思い、目覚めて頬をなで、硬い毛とザラザラの肌に絶望する。そんな夢を繰り返し見た。

ある日、どこからかわたしの噂を聞きつけた一人の画家が、肖像画を描きたいと家にやってきた。その人はおじいさんであった。ズボンはシミだらけ。けれど金にはまったく困っていないようで、わたしに毎回、かなりの額のモデル代を支払ってくれた。おかげで生活はだいぶ安定した。

その頃我が家の食卓は、母の正しすぎる信念によって、とても窮屈なものになっていた。万事にずぼらでおおらかな人だったのに、母は変わった。近所のスーパーを信用せず、バスと地下鉄を乗り継ぎながら、都心にある、検査所経由の高級店へ行き、いわゆる安全マークのついた食材を買い求める。とりわけ調味料の類にはうるさかった。醤油、塩、お酢に酒、みりん、味噌。基本的に砂糖は使わない。味を決める調味料ほど、質のよいものを選ばなくてはだめだと言い、そうしない人々を軽蔑した。その厳密な信念は、非常に高くつくものだったが、倹約することなく、理想とする食生活をまっとうできたのは、画家のおじいさんからの礼金があったからだ。

海山の汚染は目に見えない。放射能事故以来、日本の土壌や海洋が汚染されたのは事実だけれど、実際の生活を組み立てていくのは、個人個人に任されていた。母のように、純粋なもの、安全なものを摂取するにこしたことはない。それはわかる。当然だ。しかしわたしは、ある程度、不純物を許しながら、一般的な社会生活のなかで、普通に手に入るものを買って食べたい。何を食べてもいいというくらい、自分の基準を、幅広くとっておきたいのだ。何かを排除しだすと、自分のなかで、純粋志向がどんどん尖っていき、それ以外を否定する特権階級のような暮らし方になっていく。それでいいのか。母との生活が、とりわけ食生活が、わたしにはどうも居心地が悪かった。しかしそれを、母には決して言えなかった。言えば必ず喧嘩になった。なによりも、母がこうなったのは、わたしのせいだという思いがあった。

母の最期をわたしは見ていない。ある日、学校から帰ってくると、母の姿が見当たらなかった。

一ヶ月ほどして、行ったこともない半島の町で母が見つかったという知らせを受けた。

母らしき人の最期の姿を見たという地元の人がいて、その人の話によれば、買い物にでも行くような、ごく普通の調子で女が岬の突端まで歩いて行くのが見えたということだ。まるでその先にも土地が続いているかのように、女はかろやかに足を踏み出し、そのまま自然に海へ落ちたという。

その人は、母と同じくらいの年で、口を開いてものをしゃべるのがかなり難儀のようだった。指の節々は折れ曲がり、その指を痛々しいほど上下左右にゆさぶって、自分が見たものについて懸命に語ってくれた。

死んだのは逆算すれば五月の頃だ。普段から、気がふさぐということのない人だった。少なくとも、わたしには暗い顔を見せたことがない。どうでもいいようなダジャレをよく言った。口からでまかせならぬ、「口からラジカセ」というのが、わたしの聞いた最後のそれで、いつだってダジャレそのものはたいして面白くはない。けれどすきあらば、ダジャレを言おうとする、母の抜け目のない前向きな精神を、わたしはいつも仰ぎ見ていた。わたしの口元がかすかにゆがんでほころぶと、それを見届けてから母も笑った。

崖の上で、なぜ母にダジャレの霊感が降りなかったのだろう。降りていれば、母はきっと転落しなかったはずだ。

それとも母は疲れたのかもしれない。ダジャレを言い続けることに。いや、この社会の安全を追い求めることに。そして、どこにもそんなものがないことに気付いてしまった。どんなに食生活を改善しようと、わたし自身の醜貌は変わらなかった。人はわたしを見ると、母の死は、わたしが原因と思うだろう。わたしもそう思う。でも一方で、それは誰にもわからない、と思う。わたしにはわからない。わからないことを、ずっと抱きしめて生きていくことは辛い。しかしだからこそ、生きられるのかもしれない。

母はわたしをかわいがってくれた。逆巻く毛をなで、いとおしんでくれた。

おかあさん、わたしのおかあさん。

一人になったわたしをひきとってくれたのは、例の画家のおじいさんだった。おじいさんに望まれ、家に入ると、当たり前のように家事をまかされた。それまでは家事を助けるヘルパーさんが来ていた。やがてその人の姿も見えなくなって、かわりに家のことをするのは、わたし一人になった。学校もあったが、掃除をしたり、ご飯を炊いたり、おかずを作ったり、郵便を整理したり。

わたしはおじいさんをおじいさんと呼んだ。わたしはお前と呼ばれていた。画室には、「怪禽啼曠野　落日恐行人」と書かれた掛け軸があったが、それは誰かの書いた漢詩の一部らしい。どんな意味なのですかと聞くと、おじいさんは丁寧に説明してくれた。それはおじいさんと交わした初めての会話だった。

「怪禽というのは、奇っ怪な鳥のこと、その怪禽の奇っ怪な鳴き声が曠野に響き渡るというのが最初のかたまりの意味じゃ。次のかたまりにある行人とは旅人のことを言う。日が落ちてしまうと、旅人というものは心細い思いをするだろう、夕暮れを恐れる気持ちは旅人のもの。わたしもお前も、この世の旅人だから、よくわかるな？」

言われてみるとそんな気がした。夕方になると、なんともいえずに心細くなるのは、子供の頃から変わらない心情だったが、それは、わたしが、どこにも居場所を持たない、こじきのような旅人であるからだろう。

おじいさんがわたしの肖像画を描くといっても、実際、その絵の多くは、何が描いてあるのだかわからない、暗いぶよぶよした腐った梨か桃のようなものだ。こころがやすまるようなものは一枚としてなかった。

それでもこの世にはそんな「奇風」を求める人間がいる。絵は一枚、また一枚と画室から消えていった。消えるということが売れるということだった。おじいさんは売るための絵しか描かなかった。おじいさん自身が、腐った梨、あるいはしなびたナスであり、猿だった。

中学校は最低だった。同級の子供たちは、わたしがいてもいないように扱い、わたしのまえでわたしのうわさをした。めそめそしたのは最初だけで、そのうちにわたしは平気になった。聴いたことや読んだものは何でも一度で覚えてしまった。それくらい異様に集中していたのだろう。ただ、学校から帰ってくると、涙が出てきてとまらなかった。はりつめていたものが解けるのか、声をたてずに慟哭した。涙は頬を伝わる前に、頬にうずまく毛にからめとられ、わたしは最後、犬のように、ぶるぶるっとふるって、毛にまとわりつく涙を振り払った。

おじいさんは、そんなときも、なんのなぐさめをくれるわけでもない。画室へおいでとわたしに言い、わたしをいつもの硬い椅子に座らせる。

おじいさんは描くのがほんとに早い。できあがると絵筆を置き、じいっと眺めて、できたと言う。

或るとき初めて、見たいかと聞かれた。そのやさしい声音に、初めてキャンバスの正面へ回った。絵のまんなかに、眼光鋭い小さな獣がいて、人間の服を着て、わたしを見ていた。まゆげは毛の渦のなかにうもれ、とりたててまゆげとして独立しているわけではない。おそらく鼻だろうと思われる隆起があり、その下方には二つの穴があいている。さらに下に、赤い粘膜の切れ目があり、それが唇と思われた。単純な意味では「動物」と言えたが、漆黒のぬれた瞳を持ち、そこから知性と人間性とが垣間見える。このイキモノにも内面があり、そこにはあの感情と呼ばれるものが沸騰し波立っている。じっと見つめていると、二つの穴から、まさに熱い波が溢れだしてくるようだ。そのときわたしの目から、代わりに液体がほとばしり出た。描かれることのカナシミだろうか。

「わたし」のまわりは「白」一色で塗りつぶされ、その「白」を見るうち、涙がとまった。白といっても真っ白ではない。ところどころに、ひっかかれたような傷や、無造作な汚れが入っている。わたしはその白を美しいと思った。その「白」だけは救いであった。

わたしに「赤」が到来したのは、人よりもだいぶ遅かったと思う。お前はメスだったかとおじいさんが言った。わたしをオスだと思っていたのだろうか？　冗談なのか、本気なのか。おじいさんは真顔以外の表情を持たない。

それからはわたしの服に、赤や黄色などの暖色系が増えた。自分で選べと言われることもあったが、わたしは人中へ出て行くのがいやだったから、おじいさんの買ってくる服に文句は言わなかった。おじいさんは、自分では野良着のようなものを着ているくせに、わたしの服には面白いセンスを発揮した。

学校には制服というものはなかったから、みんなそれぞれが、好きな服を着てくる。おじいさんによって選ばれるものは、わたしにはとても面白く思われたし、色の組み合わせに意外性があった。暗い絵ばかりを描く人であるのに、わたしのために選んでくる服は、色彩のあふれるアフリカの民族衣装のようなものだ。赤、黄色、緑、青、どれもくっきりとした輪郭を持ち、それぞれの色が、色を叫んでいた。わたしの世界に、初めて色彩がもたらされた瞬間だ。

しかし同級生たちは派手に笑った。似合わない、ということなのか。そもそもわたしにはわからないのだ。似合うとか、似合わないとか。そして自分の着た服を、着た本人はどう味わったらいいのか、ということ。着るよろこびとはどんなものなのだろう。服を着た自分を誰かに見てもらうよろこびも、わたしにはわからない。おじいさんも、似合うとか似合わないとかいう言葉を、一度も使ったことがない。着なさい、脱ぎなさい、という言葉の他は。

そんなわたしに、初めて「ともだち」ができたのは、中学にあがって二年目の冬のこと。

ニマという男の子が転校してきた。日本語がうまくしゃべれず、口元に障害があり、そのうえ、進行性の視力障害まで抱えていて、動作がひどくのろかった。クラスの者はわかっていながら、誰もニマをかまってやらなかった。ノケモノとケモノは仲良くなった。

ニマは気の毒なくらい困難を抱えていたが、それでもまだ、微笑むことを忘れていなかった。よく知らない他人にも笑いかけるという、懐かしい習慣をまだ残している国から来たのだった。

わたしはその笑顔を見ると、自分がかつてあんなふうに笑ったことがあるのを思い出した。いやあれは微笑みでなく苦笑だったか。母のダジャレはもう聞けない。口角を意識し、きゅっとあげた。そうやってわたしは、微笑みを学び直した。

体毛が邪魔をして自分の表情が相手にうまく伝わらないことを、わたしはひどく恐れていたが、ニマにだけは知ってほしかったのだ。喜びという感情を、わたしの顔を通して。

しゃべる言葉はまったく理解できなかったけれども、それを言うときのニマの表情を見れば、悪意のかけらもないことはすぐにわかった。わたしは初めて、誰かと共にいることの、信じられないような安らぎを得た。

或る日の放課後、ニマはわたしの手をひっぱって、自分の家に連れていった。家には、おばあさんといってもいいくらいの年老いた母親がいて、わたしを見ると微笑んだ。驚かないのですか?と聞きたかった。お母さんは少しも驚かなかった。微笑み方が、ニマとそっくりだった。二人はささやくように二人にしかわからない言葉で話し続け、時々わたしを見ると、同じ言葉でわたしにも話しかけた。家は平屋で、二間しかなく、やや広いほうの部屋に、おもちゃのようなチェンバロがあった。お母さんがわたしたちに焦げ茶色のパンを出してくれた。ニマはそれを一口かじると、蓋をあけてチェンバロを弾いた。セロリの茎みたいに空気をたくさん含んだ繊維質の音。わたしはたちまち気にいってしまった。

ニマは眼を閉じ、次々弾いた。すでに眼は見えていなかったのかもしれない。ニマにはそうしてできないことがたくさんあったが、できないことが、一個のできること、チェンバロを弾くという能力に集合し、ニマの存在を輝かせていた。

眼を開いているより、閉じて聴いたほうが、彼の音楽はよりよく味わえる。聴きながらわたしは肉体を脱ぎ、意識だけになって宙に浮かんだ。

おじいさんと暮らす家へ、わたしはニマを誘わなかった。あの家はついにおじいさんの家であり、一度たりとも、わたしの家になったことはない。わたしにもいつか、居場所というものが持てるだろうか。そのとき、ニマと暮らしたいと思った。思ったけれど、わたしたちの暮らす家を、わたしはどうしても想像することができなかった。

盛り上がった土地が、こぶのようにいくつも連なる土地だ。「こぶ」とはすなわち「墓」のことであったが、「こぶ」という音の不吉さを嫌い、わたしたちは明るく「丘」と呼んだ。その下にはたくさんの死者が眠っていた。皇族もいたし重大犯罪人もいた。生きている人々より、死者の数のほうがはるかに多い。

丘の上から見る風景はすばらしかった。小さな家々の地味な色の屋根瓦は、海の波のように連なっていて、それが遠くまでずっと続いていた。放課後、家に向かわないときは、ふたりしてよくこの丘に来た。ニマはよくこう言って、わたしを誘った。

「えっくにっくなりおぅ」

幾度聞いても、意味はわからなかったが、肉感的でコミカルな音が面白かった。

ニマが言いたいこと、言おうとすることが、わたしにはもう少しでわかりそうなのに、わたしたちは言葉で、ついにその何かに行きつけない。それでも同じものを見て、同じ気持ちを共有することはできる。夕焼けの思い出は忘れられない。

昼間の空の青に、落ちていく陽の燃えるオレンジ、そして雲の灰色とがどろどろに溶け合う。見ていると、隣にいるニマのことをも忘れてしまって、いまここにいる自分自身のことすらも忘れてしまって、わたしのしわくちゃの心臓はどくどくと脈をうち、それが空全体に響き渡っているように感じられ、いつもどこにも行き場のない自分が、いまこのときだけは、消滅寸前の小さな粒子となり、丘の上に散らばって浮遊している……。

ふと我にかえると、横にニマがいた。ああ、いたんだ。そう思うときの幸福感を、どう表したらいいだろうか。

見えているのか、見えていないのか、ニマは、不自由な眼をうすくあけて、夕暮れの燃える空を凝視していた。彼のほうも傍らにわたしがいることをすっかり忘れてしまっているようだった。

「えっくにっくなりおぅ」というニマの言葉を、わたしは大切にノートに書き留めた。ニマの言葉を、こうやって少しずつ文字にしたら、やがてわたしの、わたしたちの辞書ができる。それを思いついたときには興奮した。

「えっくにっくなりおぅ」と書いてみて、何か少し違うような気がしたものだから、「ゑくにくなりを」と書き改めた。すると紙の上に、ニマの言葉が、ありありと定着したように感じられた。わたしはあのとき、生まれて初めて、小さな翻訳をしたのかもしれない。


ニマが学校へ姿を見せなくなったのは、もう少しで卒業という、春も浅い季節の頃だ。先生に聞いても事情がわからない。ニマの家へ走ると、美しい透かし模様の入ったレースカーテンの隙間から、細長いダイニングテーブルや赤く塗られた木の椅子が見えた。けれどどこにも人の気配がない。

裏切られたような寂しさを味わった。わたしはひとりで丘にのぼり、いつまでもボウボウと涙を流した。どうやらわたしは、唯一のともだちを失ってしまったらしい。丘にのぼり歌を歌った。こんなときも、歌えるということが不思議だった。

「ここで働いていられることを当たり前に思うなよ」

上司(ボス)が言う。ええ、よく、わかっています。彼はわたしの目をまっすぐに見て、2204号室を任せるから、しっかり清掃するようにと命令した。

一度は入ってみたいと皆が言う。最上階の特別スィートルーム。経験の浅い者に任せられることはない。わたしにも、ようやくその役回りが来たのかと思って、感慨のほうが先に来た。ただ、特別室だからといって、清掃のやり方に違いがあるわけでもない。いつものようにたんたんと仕事をすませるだけだ。

それでもその部屋に足を踏み入れたとき、わたしは自分の今いるここが、東京の「突端」だと実感できた。ざわっと全身に立った鳥肌は、感動のせいなのか、怖れから来るものか。大きな窓から見える東京風景が、大河のように、ざざざざっとこの身に流れ込んできた。

声も上げずに、たたずんでいると、背後から声がして、わたしはキャッと飛び上がって驚いた。

「ごめんなさい、いま、出ていくところだったのよ」

宿泊客がまだいたのだ。振り返ると、ちょうど生きていれば母くらいの——五十過ぎの女性がおだやかな表情で立っていた。顔まわりに銀髪があるが、表情は若々しく、美しい。わたしを見るなり、表情が固まった。けれどすぐに、警戒を解き、その目の濁りが澄み渡ると、そこへ青緑の光が広がるのが見えた。静かなあたたかさが胸に広がる。画家のおじいさんに、影響されたのか、わたしは色に感情を感じる。あたかも色が、うれしいとか悲しいとか、言葉を喋っているように感じられるのだ。目の前の人が、その目に宿った光の色から、優しいひとであることが、十分に伝わってきた。わたしはすぐに、謝った。

「申し訳ございません。確認もせずに入室してしまいました。今から清掃を始めてもよろしゅうございますか」

常にわたしは失礼を詫びる立場だ。目をふせ、身をこごめ、頭を下げる。

「もちろんよ。すぐに出ていくわ。ところで、あなた、前からここで働いているの？」

「はい。もう十年くらいにはなると思います」

「まあ、そんなに長く。ここの眺めはいつもすばらしいわね」

「ありがとうございます。部屋も眺めも、このホテルの中では、一番の部屋です」

「ええ。そして値段もね。それでも正規の値段よりは、だいぶ安く泊まっているのよ。五十歳以上限定・女一人骨休み連泊パック。あれ、ありがたいわ。一年に一回、全てを投げ捨てて、ここへ逃げてくるの。贅沢だけど、ホテルの醍醐味は、二泊目からね。一泊だけじゃ、片足だけを下ろすようなもの。休みにならない」

「ありがとうございます。お客様から評判が好いようです」

「やっぱりね。煮物みたいに、家族も煮詰まるのよ。時々は、一人になる必要がある。だけど、せいぜい三泊が限界ね」

「それ以上のお泊りは無理でございますか。ご要望がございましたら、ぜひとも、お聞かせください。改善いたします」

「ホテルの問題というより、わたし自身の問題よ。四泊、五泊してもいい。けれどそうなると、だんだん意味が違ってくるの。わたしの感覚では、もう家出。出家かしらね。家に帰る意味が、どんどん薄くなって、そのうち、まったく無くなってしまう。女はね、つくづく現実的。目の前に見えていないものは、ないのと同然でね、忘れられるの」

「えっ、そんなものですか」

「……だから今日はこれで帰るわ。少し不本意だけれど」

女性が微笑む。わたしも笑った。「連泊」という言葉が、まるで飛行機が飛び立つ際の、滑走路に思えた。

「下界をごらんなさい。誹謗中傷、罵詈雑言、会議や介護や不倫や殺し。痴漢、パワハラ、セクハラ、病い。ああ、けれど、ここにはもう何も届かない」

彼女の視線が窓の外へ流れ、わたしも振り返って東京を見た。長く電力節減が叫ばれながら、瀕死の東京は輝き続けた。東京は一度たりとも退歩することなく、ただ爛爛と前進を続けたが、風景の奥には、すでに傷みが透けて見えた。

「今日、初めてこの部屋の担当になって、初めてこの部屋に足を踏み入れたんです。あまりの豪華さに、声が出ませんでした」

「風景は逃げない、ゆっくり楽しむといいわ……けれど近い将来、わたしはこの都市全体が消えてしまうような気がしてならないのよ。はかないもののなかに立つこのホテルは、その予感の頂点にそびえる崇高な幻だわ。その幻のなかで、覚めながら夢を見る。せいぜい、それくらいね、残された楽しみは……いささか退廃的だけど」

女性の顔に刻まれたしわが、不意に深くなり、影が射した。

「ただ、こうして、高いところから下界を眺めていると、不安も悲しみも憎しみも、軽くなって、浄化するようなの」

「そうですね。わたしも同じです」

心から賛同した。

「わたしはそのためにも、ここへ来る必要があるのよ。儀式みたいなもんだわ」

恵まれて見えるこの綺麗な人にも、そんな感情が渦巻いている。わたしは少し意外だった。それにしても、ホテルが感情を浄化する空間だなんて。なんだか教会みたい。わたしは女性と、もっと話をしたくなった。女性もそう思ってくれたのだろうか。

「あなたはこの仕事が好き？」と聞かれる。

「……好きかどうかなんて、考えたこと、ありません。辛いと感じることがないわけではありませんが、この仕事をしていられることを、当たり前と思ってはいけないと、言われたばかりです」

「どういう意味かしら」

「わたしの代わりになる人はたくさんいる。ところが、わたしが仕事を探しても、おそらく雇ってくれるところは、ここより他はない、ということです。感謝しなければならないと、いつも戒めています」

「あなたは若いのですか。——ごめんなさい。年齢がわからなくて」

「あやまらないでください。わたしは若いです。年齢だけを言えば。こんな顔ですが、とても若くて、そしてわたしは——」

「そしてあなたは——打てば響くような感覚を持っている。明敏というのでしょう、あなたのような人のことを。あなたの透明で、よく動く目を見ればわかる。自慢していい。働くことは義務というけれど、同時に権利でもあると考えたらどう？　どうどうと働けばいい。さあ、わたしは今から下界へ降り、一人のささやかな夕食を楽しむわ。ほら、すぐそこに見えるでしょう。天彩というネオン」

「はい、見えます。有名な天麩羅屋さんだそうですね。わたしはまだ、入ったことがありません」

どんな店にもわたしは入ったことがない。わたしは長いあいだ、このホテルの厨房で作られる、いわゆるまかない料理を朝昼晩、食べているのだ。

「天彩って、いつのまにあんな大きなビルになったのかしら。あの黒いビルの、どの階でも、たくさんの天麩羅が揚がり、たくさんの人間が天麩羅を食べている。考えると気味が悪いわ」

変なことを考える客だ。しかしそのときわたしの目に、人々の顔の赤い裂け目が見え、そのなかに、次々、吸い込まれていく天麩羅が見え、それがやがて、咀嚼された得体の知れないどろどろの流動物となって、腸管から下水管へ押し流されていくところが想像された。

「近いうちに終わるとしても、生きましょう。今日はまだ終わらない」

そう言って女性はわたしの手に、重ね折りした、むき出しの紙幣をそのまま握らせた。はっと尻込みし押し返すが、女性の力のほうが強い。「今日でも明日でも明後日でも、食べていらっしゃい。この世が終わらないうちに。さあ、下界の天麩羅を」。


中学を出たわたしは、わたし自身を持て余していた。共に暮らしていた画家のおじいさんに見放されれば、他に行くところがないとわかっていたが、一方で、すべては何とかなるのではないかという、根拠のない、不埒な自信があったのも確かだ。いつでもここが、この世の「底」だという思い定めがあったせいだろうか。

家事の一切を任されていることは、わたしのなかに驚くほどの智恵と力を生んだ。地べたを這い、泥をなめ、顔を晒して生きていくのだ。そんな意地と孤独を、わたしは日々、武器を磨くように育んだ。わたしはもはやおじいさんに、一方的に飼われているわけではなかった。

おじいさんの昼寝は長い。効率よく家事をすませては、陰気な家をとびだし、丘の上にのぼった。

丘は荒れ果てて、緑のクサがぼうぼうと生え、その頃にはもう、人の姿を見かけることもなくなっていた。

「わたしよ、ニマ？　聴こえるかしら」

ニマがいなくなっても、孤独なわたしは、よくそうやって、いるはずもないニマに、話しかけた。

「あなた、爪を咬むのはもういい加減にしなさいよ」

ニマにはそう、足の爪といい、手の爪といい、自分の爪を、自分の歯で咬み切ってしまうという特技ならぬ「癖」があった。

「大人になるのだから、爪切りで切ることよ」

返事がなくても、話し続けていると、ニマは鳥の声に宿って、わたしの元へやってきた。

「ニマ、ニマ、あなたはニマね。来てくれて、すごくうれしい」

「きみ、元気そうだな」

あんなになにもかもがわからなかったニマの言葉が、丘の上ではすみずみまでわかる。

「どこをさまよっていたの。突然消えたのだもの、驚いたわ」

「仕方がなかったんだ。きみだって行くときは、きっとそんなふうさ。ぼくは言葉がうまくしゃべれなかったから、なんとか言葉以外の方法で、伝えようとしたが、うまくいかなかった。悪く思わないでくれ」

「悪くなんて思ったことはないよ。ただ思い出して悲しくなっただけ」

「ぼくもきみを思い出していたよ。きみがぼくを思い出してくれたそのとき」

「そうだったの。ねえ、あなたの発音は、今、とても明瞭だし、曇りなくわかるわ」

「嬉しいよ。もうこれからは、なんだって話せるな。下に広がっているのは海かい？」

「海ではないわ」

「海じゃないって？」

「あれは屋根の瓦よ。波のようにカーブしたり、波うちながら、ずっと遠くまで続いているの」

「ぼくは海に見えた」

「どこにも海なんかないわ。でも絶望しないで」

「ぼくの両目は、もう視力を持たないんだ。すっかり闇のなかだが、哀れに思わないでくれ。暗闇は、人が思うよりずっと華やかだから」

「あなたを哀れに思ったことなんか、ないわ」

「ぼくたちの世界は立体的だ。奥行きがあって、響く音のひとつひとつに手で触わったような具体的な感触がある。かすかに見えていた頃、音は平べったい碁石のようなものだった。今は、音の一個一個が小さな宇宙のようだ」

「あなたの世界へわたしも行ってみたいわ」

「見えなくなるよ。それでもいいのかい」

「ええ、いいわ。視力なんかいらない。自分の世界から脱出できるのなら、よろこんでそうするまでよ。おじいさんなんて大嫌い。見つめられるのはもうまっぴらよ。裸にされてえぐりだされて。大嫌い、大嫌い、おじいさんも、こんな生活も」

「殺しておしまい、殺しておしまい」

「誰の声？」

「鳥だろう」

「殺しておしまい、殺しておしまい」

わたしは以前のように、ニマの言葉を復唱して真似た。怖くなって、甲高い声で笑った。笑い声は空を覆って、遠くのほうまで響き渡った。

重い、寝汗を吸った、おじいさんのふとんをわたしはいつものように庭先へ干そうとしていた。おじいさんは干したふかふかのふとんが好きだ。雨の日以外、いつでもふとんを干せという。その日も干そうとして、ふとんをかかえ、ふとんの先が、縁側に立っていた、おじいさんの背をついた。おじいさんは押されてよろよろとよろけ、庭へ落ちると、落ちたところに庭石があって、おじいさんの頭は柘榴のように割れた。

母の断崖。おじいさんの縁側。わたしもまた、どこかの縁をそれと知らずに歩いている。

いいえ、わたしではありません、わたしがわざとしたことではありません。わたしは幾度も辛抱強く主張した。人に信じてもらうということが、こんなに難しいとは思わなかった。けれどどこかで、人がわたしを信じないことが、当然のようにも思えるのだった。結局、「転落死」と片づけられた。おじいさんの「縁者」はわたしだけだった。葬式も行えず、墓もなかった。死んでみると生前は、「先生」などとおじいさんを呼んでいた人も、あんな陰気な絵、こんな暗い時代に売れるわけがないじゃん、などと言い、気づくと、おじいさんのまわりにいたわずかな人々も、引き潮のように去っていった。あるはずの貯金も少ししかなかった。わたしはどこかで働く必要があった。

おじいさん。おじいさん。わたしの生活はあなたによって支えられた。あなたに描かれることによって。なのにどうしてあなたが嫌いなのだろう。

思い出されることは、おじいさんのすっぱいような口臭、しみだらけの皮膚、いぼ、まめ、ほくろ、おじいさんの濁った目。伸びてきた腕。

「異物」を専門に描く特異な画家としてその名を知られていたおじいさん。おじいさんの代表作は「しなびたナスあるいは野猿」だそうだ。おじいさんの死亡記事を読みながら笑ってしまった。「しなびたナスあるいは野猿」っておじいさんのことじゃない。おじいさんはわたしを描くと言いながら、結局、自画像を描き続けたのだ。

丘の上でニマを待つ。

重い曇天が広がっている。

そのとき空から、いつものように鳥が落ちてきた。

「ニマ、ニマなのね？　初めて逢ったとき、あなたはわたしをよく丘に誘ってくれた。丘は私たちの避難所だった」

「そうだ。覚えてる」

「とてもうれしかったのよ。どんなにうれしかったか、あなたにはきっとわからないくらいだわ。初めてできたともだちだったの、あなたはそのとき、ゑくにくなりをって、わたしに言った。わたしはその意味がわからなかったわ」

「懐かしい言葉だ」

「どんな意味だったの」

「生きていたころは、そうとしか言えなかった。きみを丘に誘いたかった。きみが泣いていないときでも、きみはいつだって泣いているような気がしたから。ぼくは、きみをただ、丘に誘いたかったんだ。だから、みく、みく、丘へ行こうって言ったんだ」

「みく、みく、丘へ行こう」

ゑくにくなりを、ゑくにくなりを。

ニマが二度つぶやくと、強い風が吹いて、丘の上が一掃された。

声たちは四方八方へふきとんでしまった。


美久、美久、と母の呼ぶ声が聞こえる。美久、行こう。東京へ行こう。

母と二人、かつてバス停でバスを待っていた。一日のうちの、朝と昼だけ、走るバスだ。朝が早かったから霧が出ていた。

東京へ行ったら、天麩羅を食べるンよ。母は確かにわたしにそう言った。

「天麩羅の具にはどんなものがあるの」

「なんでもいいンよ。なんでも衣をつけりゃあ、天麩羅になるンよ」

時刻表にある時刻になっても、バスは現れなかった。だいぶ遅れてやってきたとき、運転手は謝りもせず、わたしたちもまた責めなかった。家を出ると決めたとき、すでにわたしの神経はぼろぼろだった。おそらく母も同じような状態だったろう。わたしたちが、ほんとうにバスに乗れたのかどうか。わたしには記憶がない。わたしはまだ、バスを待っているのではないかと思えるほどだ。

あじ、ほたて、ふきのとう、みょうが、よもぎ、さつまいも、にんにく、しそ、たんぽぽ、さといも、ぱせり、にんじん、まいたけ、ごぼう、えび、とうもろこし、ちくわ、きす、かぼちゃ、たまねぎ、なす、ぶた、れんこん、いか、いか、よもぎ、よもぎ、ぴーまん、つくし、つくし、あいす、あいすくりーむ、あいすくりーむだって、天麩羅になるンよ。天麩羅の具材を一つ一つ数え上げていく、母の声が聞こえてくる。


仕事を終え、わたしは初めて「天彩」ののれんをくぐる。

長い日々、毎日のように窓から見下ろしてきた「天彩」のネオン看板。

下界の自動ドアが開き、のれんをくぐる。いらっしゃいませ、と声がする。目があったとたん、その人の目の奥に出現する、小さな驚愕をやりすごしながら、わたしは深呼吸をして奥へと進む。顔がかっと燃え、紅潮しているのが自分でもわかる。けれどわたしの内面は、表皮に生えた毛が隠してくれるから、他人には決してわからないだろう。

お一人様ですか。

ええ、いつも一人です。

一階、奥のカウンターへどうぞ。

わたしは透明なゲートを次々くぐっていく。

席につき、上天麩羅定食を注文する。ついにここまで来た。行き着けたところ、すべて、わたしの断崖である。

白い割烹着を身につけた板前さんが、わたしの前に白い和紙を置いた。その片隅に白く盛り上がったものは、円錐形に固められた大根おろしだ。

塩は三種。粗塩、抹茶入り、シイタケと昆布入り。横から腕が伸びてきて天つゆを置く。その表面がゆらめいている。運ばれてきたお茶は、とてもとてもぬるい。

和紙の上に、揚がった天麩羅が置かれていく。一つ食べると、また一つ。紙にあぶらのしみが広がる。

天麩羅は冷えきっていて、衣が固い。

現実はいつも期待したほどではなく、予想外のことが常に起こる。それが良いことであろうと悪いことであろうと。悪いことのほうが、いつも少しだけ上回っているように感じても、実は良いことの方が多い。世界が少しずつ崩壊を始めていたとしても、今日はまだ終わったわけではない。

窓の外では、かきあげが宙を舞い、女の人が、帽子のつばにえびのしっぽを飾り、往来をしなしなと歩いている。

カウンターのなかの板前はやけに美貌で、記憶にある、若い頃の父によく似ている。父は東京の天麩羅が好きだった。東京へ行くと天麩羅を食べた。東京とは天麩羅のことだった。天麩羅を食べるために一人でしばしば東京に行った。両親と妻子を置いて。帰ってきたお父さんは、ごま油の匂いがしたンよ。

父は天彩の天麩羅を食べただろうか。東京で一番うまいと評判の天麩羅を。

それにしてもこの冷たさはどうしたことか。天麩羅は昨日、揚げたのかもしれない。美貌の板前はマネキンかもしれない。店内の各テーブルは客で埋まっているが、誰一人、文句を言わず、ひっそり顔を伏せてしゃりしゃりと天麩羅をかじっている。背後の席から英語が聞こえてくる。

何と静かな天麩羅屋だろう。

油のはねる音がどこからも聞こえない。あの音が聞きたくて、ここまで来た。そのことがふいにわかる。反発し、はじきあい、ぱちぱちとはねあがる、あの耀かしい生(せい)の音。

そのとき、遠方からやってくるものの音がした。ごおっ、ごおっ。流砂だろうか。同時にしゅわしゅわと粒だったものが、川の水流のように階段を降りてくる。「天彩」の上階から、順番に少しずつ煙をたてて、規則的に崩れ落ちてくるものをわたしの目が映し出す。

その時が来た。

めりめりと木材の割かれる音がして、がらがらと濁音がたち、そこから先のことは、よく覚えていない。

真っ白な天井板が、ほぼ原型を保ったままどすこんと落下、フロアの客を潰した。続いてずるずると四方の壁が落ち、むき出しになった内壁の四隅から、コンクリートの柱が折り重なり、中央へと倒れこんだ。天井に打たれなかった人も、みんな潰れた。ベニヤ板のように、やがてなにもかもが平たくなった。

熱い天麩羅油が、煙を立てながら、破壊された階段を、生きているかのように伝い降りてくる。救急車のサイレンも鳴らず、東京はどこまでも静かだった。

それから、いつもの夜が来た。

古代海岸

「日帰りツアー　古代海岸へようこそ」

メンバーは五人。ガイドは一人。総勢六人がその日、集まった。

どの人も静かで、心の中を明かさず、気づけば、互いの交流らしきこともないまま、すべての行程が終わろうとしていた。

同じ日、同じ場所に集ったからには、なにか縁があるのだと考えてみることもできたが、自分も含め、総じて、エネルギー値の低い面々で、幽霊の集団が漂っているようだ。

「初めてなのに懐かしい場所」——ありふれた誘い文句とはいえ、それが古代海岸ツアーにつけられたキャッチフレーズだ。

「平日の、こんな企画に、人が集まっただけで、奇跡のようなもんです」

ガイドは半ば自嘲的に言った。わずかでもこうして人が集まったのは、どうやらこのあたりが、最近、パワースポットとSNSなどで紹介され、そういうものが好きな一部の女性たちから、注目されているせいらしい。

柔らかなカーブを描きながら、ずっと遠くまで続く海岸線。浅瀬にはところどころ、荒々しく突き出た岩礁がある。うらさびしい、実にうらさびしい風景だが、このさびしさには強く惹かれるものがある。

他の参加者には、初めて来たようなことを言ったが、私がここへ来るのは初めてではない。記憶は所々、薄れているが、小学生の頃、育ての祖母と、一度来た。

古代海岸という地名は、少年だった私に、何かとてもロマンチックで冒険的な響きを伴って聞こえてきたものだ。浜に広がる砂を掘れば、古代の都市の遺跡がきっと現れ出ると、私は、けっこう真剣に信じていた。確かにここの海の沖から、当時、古墳時代の土器がいくつも発見されて、浜辺には貝塚の痕跡もあった。海の底から土器が発見されるのは、むかしむかし、船が転覆し、積荷の土器が海の底に沈殿したからだとも、土器を海の神様に捧げる古代人たちの風習からきたものだとも言われていた。

老いて、身体中に痛みを抱えた祖母との、最後の旅。当時、私は中学への進学を控えていて、春休みを利用した旅だった。仕方のないこととはいえ、祖母の痛みを全く理解せず、今になって、どれほど辛かっただろうと哀れに思う。痛いか、と聞くと、痛いよ、と答えた祖母は、しかし、自分からは、決して泣き言を言わない人だった。

私は、この古代海岸に立ち、祖母を見送ったのだった。

どんな舟だったか、記憶にはない。確かに、祖母は舟に乗って、海の沖へと漕ぎ出していった。

どこへ行ったのか、わからない。私はただ、見送るしかなかった。海の向こうに、祖母の痛みを綺麗にとってくれる素晴らしい病院がある。当時は漠然と、そんなふうに思っていたのではなかったか。

その日の夜、一人になった私を迎えに来てくれた遠縁の者がいた。「これでおばあちゃんは楽になるよ。心配はいらない」。

納得はできなかったが、それ以上聞くのは、子供でもためらわれた。私は迎えに来てくれた者と一緒に、東京へ戻った。行きは一緒に来た祖母が、帰りの電車には、もういない。理不尽な不思議さに取り囲まれて、悲しみすらも湧く余裕がなかった。

古代海岸から東京へ。夜の中を走り続けた列車のことは、いまだに忘れていないし、夢にも見る。窓に、自分の横顔がずっと貼り付いていたこと。こんな年になっても、私はいまだに、あのときの列車に乗って、旅を続けているのではないかと思うのである。

遺伝だろうか、あるいは現代人の習慣病と言っていいのか、私にも今、祖母と同じような関節の痛みが出始めている。原因は分からず、対処のしようもない。私の後半生は、痛みとともにある。

このたびの、二度目となる古代海岸への旅は、中学生になる息子と一緒に来た。彼が幼い頃、妻が亡くなり、以来、私は再婚しなかった。息子は柔らかくあたたかい、母の肉体に触れないで大きくなった。おとなしい子で頭もよかったし、その豊かな感性は、確かに母親譲りと思われたが、時々、奇異な行動を起こす。人との交流も、うまくいかない。

遅い昼を、参加者全員、海岸近くの店でとった。名物しらす丼は懐かしく素朴な味がした。美味しかったのだろう、息子も残さずきれいに食べた。それから一行は海岸へ降り、浜を散策したあと、集合写真を撮った。いよいよ、ツアーは自由解散となる。

ガイドは皆を集めて言った。

「楽しんでいただけたでしょうか。お名残惜しい気がいたしますが、これをもってツアーは終了となります。当社のツアーを選んでいただき、ありがとうございました。帰宅されるまでの道中、ご無事を心よりお祈り申し上げます。

最後に、私から一言。お時間の許す方は、ここで見られる名物の夕焼けをご覧になってみてはいかがでしょうか。今日の日の入りは、午後五時二十七分頃です。見るべき夕焼けですよ」

皆、端末を取り出し、時刻を確認した。見るべき夕焼けか。ならば見よう。

半日、行動をともにした六人は、関係をすぐには解けないというように、かたまりのまま、しばらく浜を漂った。全員が夕焼けを見るために、浜に残ったとしても、もはや一緒にいる義務はない。

その時になって初めて、私はツアーの面々に、かすかだが、別れがたさを感じ、そう感じた自分に、少し驚いてもいた。

メンバーの中に、一人参加の女性がいて、櫻井さんといった。残りの二人は、男女のペアで、彼らは夫婦には見えず、きっと微妙な関係の恋人同士なのだろうと思われた。いつもみっしりとくっついているので、彼らの間に入っていくことはどうしたって不可能で、一人参加の櫻井さんは、どちらかというと、私たち親子にくっついていた。お互い、名乗り合い、簡単な自己紹介をしたものの、櫻井さんも無口なひとで、あまり会話が弾まない。頬がふっくらしているところ、目が寂しそうなところが、どことなく、死んだ妻に似ている。

愛想のないところは、祖母にも似ていて、ガイドが何かシャレを言っても、全く笑わない。ガイドのシャレというのも、ひどいレベルだったが、笑ってみると、面白くなるような気がして、私一人、しばしば、声をたてて笑った。するとガイドは私のほうばかり見て、共犯者のように微笑んだ。私は、笑っている間だけ、関節の痛みを忘れた。

ツアーを終えた一行は、浜風に吹き散らされるように、少しずつ、少しずつ、バラバラになっていく。おそらくもう二度と、会わないひとたちだった。

最初にこの群れから離れていったのは、男女のペアで、振り返った時、彼らは浜にぺたりと座り込み、互いの顔を寄せ合っていた。じっと見ているのも、失礼だと思ったが、彼らが遠目にも、互いを貪り合っているように思え、ぐうっと目が吸い寄せられた。彼らは、本当に口と口とを寄せ合い、その姿は、人間というより、ナマのむき身の貝のようだ。互いを吸い合い一つになろうとしている。野良犬が一匹、二人の周囲を、臭いを嗅ぎながらうろつき回っている。

櫻井さんは、そんなことにも気づかず、ふわふわと、頼りなく、私の前を歩いていて、そしてガイドも、もう仕事から解放されたというのに、なぜか私たちの近くを、ついて離れない。

波の音以外、何も聞こえない。

息子を探した。息子はどこだ。小さな時から、探すと、いない子供だった。迷子になって、警察に厄介になったこともある。そういう時、いつも私が疑われた。子供を遺棄したのではないかというのである。私たちの間に、なんというか、親子らしい雰囲気が感じられなかったせいだろう。

息子は口数が少なく、何を聞かれても、私をかばうようなことはない。警官から、お前が息子を置き去りにしたのだろうと決めつけられれば、自分ですら、そうだったかもしれないと思えてくる。私は気弱な、頼りない父親だ。

キョロキョロしていると、息子さんはずっと先の方を走っていますよ、とガイドが言った。それらしき青いパーカーの、小さな背中が見えた。いつか誰か、一人の女が、彼を抱き温めてくれるといいが。自分のことはさておき、願うのはそのことばかりだ。

貧しい小屋が見えた。近づいていくと朽ちかけた案内板があり、そこに「苫小屋」と墨で書いてある。おーい。恭平。振り返った彼を、手招きして呼んだ。

恭平は春から、地元の高校に入る。色白でひょろりとしている。母親が死んでから、一層ものをしゃべらなくなった。昔の自分もこんなふうだったと思う。

「写真撮るか」

息子を苫小屋の前に立たせ、端末をかざす。いつも光をまぶしがる子だ。全身を写したいが、うまくフレームのなかに収まらない。

「お撮りしましょうか」

さきほどのガイドだった。ガイドはまだガイドだろうか。あるいはもう、個人になったのか。

私は、ツアー参加者の延長で、目の前の男に、ああ、お願いしますと気楽に言った。

ガイドは私と同年輩に思われた。老いが忍び寄る年齢といってもいいが、本人の意識は、意外に若い。子供のいない人だと、余計にそうかもしれない。

「失礼ですが、ガイドさん、お子さんは」

彼をガイドから解放してあげたい。だが私は、彼に向かって、ガイドさん、と呼びかける。

「私は独り者で」

「そうですか。自由だ。羨ましい」

ガイドは少し、不本意な表情をした。言った私も、実はそれほど羨ましいなどと思っているわけではない。ただ、そんな時代が、自分にもあったと思う。

「息子さん、大きいですね。お父さんの背を、追い越しました」

返す言葉がうまく見つからない。喜んでいいことだろうか。生き物は、そもそもそういうものではないのか。次の世代は、前の世代を乗り越え、進化する。高卒の父の子は大学へ進学し、留学を断念した父の息子は、留学生となり、父の夢を果たしたりする。多くの子供は、父母の背をはるかに越えて、その容姿もバランスも洗練されたものとなる。もちろん、その逆もあるだろうが、それも含めて、なんらかの進化のバリエーションだと考えてよい。背丈一つでも、息子が私を越えてくれれば、それは私の本望である。

しかし今、私とガイドの間には、深い亀裂が見えた。子供がいる、いない以上の。

この息子とともに生きることは、爆弾を抱えて生きることと同義だ。いざとなれば、もろともにという思いが胸の中にある。ガイドにはわからないだろう。わかる必要もないのだが。

私は、全く別のことを言う。

「以前、この浜へ来たことがあるんですよ」

「へえ、古代海岸へ？　いつ頃のことです」

「もう半世紀も前の話です」

「だいぶ変わりましたか」

「小さかったから、記憶は殆ど残っていません。やたらとサビシイところだったという印象があるばかりで」

私自身がきっとサビシカッタだけかもしれない。子供の頃、自分の心と外界の自然とは、何の介在物もなく繋がっていて、私が寂しい時、外にも寂しい自然が広がっていた。風景がやたらと寂しく見える時、自分自身が寂しいのだった。

カシャッと音が鳴る。写真が撮られた。彼は、チーズとかバターとかマーガリンとか、撮る前の合言葉を何も言わなかった。油断した間抜け顔が写っているだろう。人の隙間に、スッと入ってくるガイドだ。少しうらみながら、ありがとうと言って端末を受け取る。撮られた写真は確認しない。

「これ、苫小屋と書いてありますね、何に使われていたんですか。そもそも苫って……」

「苫というのは、菅(すげ)とか茅(かや)なんかの草で編んだ筵(むしろ)のことですね。屋根とか扉がわりにして雨露をしのいだようですよ。むかしは浜番の男がいて、こういう小屋に詰めていたといいます。それを再現しているんです」

「むかしってどれくらい」息子が珍しく口を開く。

「いい質問です。千年以上前の歌にも、苫小屋って出てきますから、それくらいむかしでしょうか」

「どんな歌ですか」

「百人一首で言えば、一番にでてきますよ。秋の田の――」

「仮庵(かりほ)の庵(いほ)の苫をあらみ――」

「わが衣手は――」

とここまでリレーのように言いつなぐと、

「露にぬれつつ」

と結句をもって一首を完成させたのは、いつの間にか側に来ていた櫻井さんだった。

「あはは、みんなで力をあわせて一首ができあがりました」

ガイドが少し興奮して言った。

「百人一首のほうは、秋の田とありますので、田んぼにあった苫小屋。こっちのは海にある苫小屋。いまの交番みたいに、むかしは海山の自然のなかに、見張り小屋があったんですね」

私は息子を褒めてやりたい。

「お前、よく知っていたな。学校で習ったか」

息子はただ、「うん」と言う。

「あのぉ、さっき、浜番とか、おっしゃっているのが聞こえましたが、その方、浜の警備をする人ですか」

途中から櫻井さんが会話に入ってきて、ガイドに尋ねる。「その方」が肉体を伴い、この浜へ具体的に現れたような気がする。

「千年以上前の話をしていたのです。そう、浜番ですから、警備といってもいいでしょう。今だって、ほら、夏になると浜辺にいるでしょう。火の見櫓みたいなところに座って、沖を眺めている人。ライフセーバーとか言いましたっけ。彼ら彼女らは、海水浴客の安全を守る。そういう人が、昔もいたって不思議じゃありません。一人か二人かは知りませんが、苫小屋ですから、ここで暮らしていたかもしれません。魚を獲って、火であぶって、ついでに浜も見守って。朝晩なんかは、どんな気持ちだったろう。波の音ばかりがして」

ガイドと私たちのまん中には、透明な「その方」がひっそりと立っていて、静かな微笑みを浮かべている。

「その方、中にいるかも。ちょっと聞いてきましょう」

からかっているのかどうなのか。ガイドは笑って、苫小屋の入り口を覆っていた筵をわけて、一人、小屋の中へ入っていった。入っていいものとは思っていなかった。驚いているとすぐに出てきた。出てきた時、どこか別人に見えた。

「中は案外広いですよ」

その言葉につられて息子が入っていく。その背中を見ながら、ガイドが言う。

「二、三年前は、こういう小屋が、もう少し建っていたんです。それこそ、五つも六つも。キャンプ仕様にして、泊まれるようにして。ほとんどただみたいな値段だった。ところがそれがよく燃やされましてね。実際、よく燃えるんです、原料は草ですから。犯人はあがりました。浜のヤンキーです。火が見たかったらしい。火を見ると落ち着くというので、精神疾患を疑われましたが、それだったら私も病気ですよ。火を見ると、実に心が静まるほうでして……」

息子はなかなか小屋から出てこない。火だるまの子供が目に浮かんだ。怖くなって、中をのぞこうとしたその時、「蒸し風呂だよ」と汗をかいて出てきた。「おやじ、タオルある?」。びっくりする。おやじと呼ばれたのは初めてのことだ。

担いでいたリュックを探す。ハンカチならあった。すると、櫻井さんが、

「これ、どうぞ、使ってください」と、大きめのハンディタオルを、差し出した。

「ああ、ありがとうございます。男親は、ダメですね。タオルの一つも持っておらず」

「差し上げますよ。使ってください。女は旅のバッグにこういう手拭きのようなものを、余計に入れるんです。だから荷物が、ついふくれあがって」

でもその、余計なものは、自分のためというより、誰かのためだろう。櫻井さんは、役に立ったことが、うれしそうだ。

「この小屋は最後の一つですからね。貴重なものです。燃やされるんじゃないかと、地元じゃ撤去しろという声もあがっています。浜になじんで、いい味、出しているんですが」

ふと、人生に参加していない、見ているだけの者が意識された。私と櫻井さんだ。

「入ってみませんか」

すっと言葉が出て、「え?」と櫻井さんが首を傾げた。

「よかったら、ご一緒に。何事も経験です」

筵の覆いをあげ、櫻井さんの背中にてのひらを押し当てた。私は後から続く。

中は蒸し風呂だ。もわっと毛穴が開く。

櫻井さんはいくつくらいだろうか。きれいな襟足に後れ毛が、べったりと貼り付いている。

ふと、身体中を縛り付けていた紐が緩んで、私は櫻井さんの手を摑んだ。櫻井さんは抵抗しなかった。時間が溶けて頭の中が白濁し、私たちは、向き合うと、自然に身体を重ね、束の間、ヒトという形を解いた。時の流れの中に放り込まれた感触があった。櫻井さんの両手が私の背中に回り、私の片手が櫻井さんの背中から脇腹に回った。柔らかく濡れている部分を吸い合うと、私たちは古代の貝だった。

それはごく短い時間のように感じたが、いや、案外、長い時間だったかもしれない。

苫小屋を出た。目の前の浜に違和感を覚えた。見回すと、ガイドと息子がいない。

どちらが夢だろうと思う。苫小屋の中か、それとも外か。今さきほど、苫小屋で起きたことが、私には信じられなかった。その日、会ったばかりの人と、いきなり繫がる。そんなことがあっていいのか。ただそれは自然な流れだった。

櫻井さんの目が、怪しく光り、ついさきほど、死んだ妻とよく似ているようだと思ったことが、大きな錯覚のように感じられた。櫻井さんは、まるで妻に似ていない。

それに近くで見ると、櫻井さんは、若くなかった。そのこと自体はどうでもいいことだが、顔の周りに、白髪が生えていて、私たちは、同じくらいの年かと思われた。あるいは私より年上では、とも思われた。

櫻井さんはズイズイと歩いていく。ずいぶん早い。ついていくのが大変だ。私もまた、彼女を追いかけるように、早歩きで浜を移動する。ガイドと息子に、ようやく追いついた。

ガイドが振り返って口を開いた。

「あのぉ、もしよろしければ、簡単なアンケートに答えていただけませんか。時間はそんなにかかりません」

　彼は私たちを待ち構えていたようだった。

「なんですか、アンケートって」

「この旅の印象を聞くアンケートです。さっき、解散したところで、皆さんにお配りしてお願いすべきものだったんです。私が忘れていて、これでもう、減点です。実は総合評価で二つ星以下になると、即、解雇なんです、よろしくお願いします」

「つまり、あなたは、私たちを買収したいわけですね」

「あは、いやまあ、簡単に言えば、あまり意地悪なことは書かないでほしいというだけです。今、仕事を失うわけにはいきませんので」

「大丈夫ですよ」

　そう言うと、ガイドはホッとして、私と息子、櫻井さんに、紙と鉛筆を配った。ツアーには、あと一組の恋人たちがいたが、彼らの姿は、もうどこにも探せない。遠く別れてきてしまって、もはや誰も、話題にすらしなかった。

「ずいぶんと厳しい会社じゃないですか。解雇だなんて」

「はあ。今はどこもそうです。能力主義はきついです」

　そう、私もまた、その能力主義の名のもとに、つい先日、会社をくびになったばかりだ。未来が不安定なのに、のんきに旅行に出たりして、何をやっているのかと自分でも思う。しかし日帰りの今度のツアーは決して贅沢な旅ではない。私にとっては記憶を辿る旅でもある。区切りをつけるためにも、ここへやって来る必要があった。

「私は馬鹿正直で、嘘は書けません。それに嘘というのは、わかってしまうものです」

「ええ、正直に書いてください」

「はい、正直に書きます」

「ええ、正直に。しかしまあ、お手柔らかに」

「また、同じガイドさんで参加したいくらいです、とかね」

「とかね、は要らないです。そのまま、素直に書いてください。お願いします」

ガイドは必死で笑っていない。しかし目は輝き、頬は紅潮している。おや、と思う。これはあきらかに、よろこんでいる。彼は心地よい場所より、ギリギリの断崖を好んで歩く人間なのかもしれない。

アンケートはそれなりに高評価にして、二つ折りにして渡した。

「ご協力ありがとうございます。感謝します」

ここで解散かと思ったが、ガイドはさらに、意外なことを言った。

「……アンケートの御礼というわけじゃないのですが、さらにこのあと、短いツアーをご用意できます。お気持ちがあれば……」

今からというのだから、ナイトツアーということになる。もしかしたら、目的は、最初から、こちらのほうだったのだろうか。私も櫻井さんも戸惑って、決めかねている。

「会社とは関係なく、私が個人的にご案内するものです。会社には内緒で——」

頭にぱっと小屋が浮かぶ。そのなかで男女がうごめいている。

「内容はどんなツアーなのですか。料金もかかりますよね、あまり余裕がないので」

「あのぉ、うちは未成年の息子もいっしょです。大丈夫でしょうか。そのぉ、ナイトツアーですから、未青年は大丈夫かという意味です」

当の息子も聞いている。

「はい。一切、ご心配には及びません。料金は、お一人、千五百円。舟を造っている職人さんの話を聞こうじゃないかというだけなんです。一時間ほど取っていますが、途中抜けても、構いません。訪ねる先は、今年九十歳になる、近森さんの工房で、ここからはすぐです。近森さんは若い頃、下田にあった船渠、いわゆる下田ドックで造船に携わっておられました。下田ドックが解散したのは、あれは一九八〇年代のおしまいのほうでしたか、日本はバブルの時代。しかし造船業は、すでに斜陽に向かっていたんです。近森さんは、会社を辞めたあと、ご自分で個人用の船を造られるようになった。今も釣舟やカヌーなど、あらゆる小型舟を手がけられています。ヨガをなさっているせいでしょうか、体は枯れ枝のようでも、内臓と頭には常に新鮮な空気が循環しているという感じで、なかなか、これ、見ておいて損はないという、絵になる人なんです。近隣ではまさに名物じいさんです。風景でなく生きてる人間を観に行くツアーがあってもいいでしょう。滋味のある、なんともいえないお顔でね、まさに浜風が彫った顔。ああ、そう、浜番に、彼のような人はぴったりだな。ここに来ると、私は、一回は、用もないのに彼の顔を拝みに行っています。舟は沈むでしょう。よほどに信じられる人が造ったものでないと乗れませんよ。さあ、どうですか」

「それじゃあお願いします」と私は言った。息子は黙っている。

「ガイドさんが引き続き、引率してくれるわけですね」

「もちろんです。改めまして、鈴木です」

渡された名刺は個人用のもので、ツアー参加時にもらった会社名入りのものとは違う。

「櫻井さんも行きましょうよ」

振り返って誘うと、彼女も微笑んだ。

「行こうかしら」

「行きましょう、行きましょう」

「誰にでもお声をおかけするわけじゃありません。ご縁を感じた人にだけ。来年いよいよ定年なもんですから、こんな私でも、いろいろ考えるところがありまして」

「え、どなたが定年ですって?」

「私です、鈴木が」

「お若く見えますね」

櫻井さんも割って入った。

「年齢の話は耳がいたいです。この中じゃ、きっと、私が一番年上だわ」

そう言われて改めて櫻井さんを見ると、ふっくらした顔周りには白髪が目立ち、さっき苫小屋の前で見た時より、更に少し老けたように感じた。ナチュラルメイクというのか、化粧をしていてもごく自然で、作り込んだところがない。だから最初は、女学生のように感じた。だが、夕暮れが近づくにつれ、櫻井さんの中から、じわじわと老いがにじみ出てきたようだ。

「あ、……それからひとつ」

ガイドの鈴木さんが、思い出したように言った。

「実は、五、六年前に、ここでちょっとした事故があったんです。海上を漂流中の舟のなかで、ひからびて死んでいる老人の男が発見されて。炎天下の海の上、陽焼けがひどく、亡くなられた状態はかなり悲惨だったと聞いています。乗っていた舟が近森さんの造ったものだったんですよ。最後に送り出したのも彼とわかって、近森さんに殺人とか自殺幇助とかって嫌疑がかかった。ただ亡くなった方には心臓の持病もあった。結局、事故として処理され解決していますが、いまだに噂が絶えません。まあ、なんのかんの言うのは、このあたりの暇な老人たちです。よもやお耳に入っても、お気になさる必要はまったくありませんから。変な噂には、惑わされませんように。でも――」

「なんですか」

「惑わされたいという場合もありますからね。そういう方は、どうぞ、ご自由に」

その時、息子が、

「メヒカリ、メヒカリ」

と大きな声で叫んだ。鈴木さんを指差しているので、あわててそれを制し、

「すみません、メヒカリって魚で」

「海にそれがいたんですか」

「いいえ、このへんにはいない魚です。どうも、鈴木さんの目が、そのメヒカリのように、光った、ということらしく……人を指差してはいけないと、戒めているのですが」

「私の目が光った？」

鈴木さんが、訝しげな顔をしている。

「メヒカリという魚をご存知ですか」

私は二人に問うた。

「知りませんね」

「知らないわ」

「メヒカリ、時々、魚屋さんに出ます。めざしほどの小さな魚ですが、意外に美味しいんです。この間、息子と食しましてね。名前の通り、目がピカーッと光っているんですよ、死んで店頭のカゴに並べられていたって、目だけは生きているように、爛々と。見たらわかりますが、ちょっ

と驚くような光でね、電池でも入っているかのように、ビカビカ、ずうっと光っている。しつこいようですが、死んでも光っているって、何か、本当におそろしいものがあって、息子は強く、印象づけられたようでした。もちろん、私もです。以来、何かにつけて、光る物を見つけると、メヒカリ、メヒカリと。ええ、人間の目も不思議なもので、思いが目の表面に、ふいに現れることがある。息子には、鈴木さんの目が光って見えたんでしょう。なに、海に反射する光のせいかもしれない。いきなりで驚かれたでしょう。失礼しました」

「いえいえ、私も今度、そのメヒカリとやらを、食ってみますよ」

「ええ、実に美味しいです」

鈴木さんが、惑わされたいなら、どうぞと言ったとき、その目は、本当に、メヒカリさながら光を放っていた。美しい光というよりも、むしろ邪悪な輝きで、息子はそれを敏感に感じ取ったのだろう。というか、この私もまた、同じことを感じたのだったが、邪悪な輝きとは、とても本人には言えない。

それにしても、小屋が燃えたり海難事故があったり変な噂があったりと、忙しい浜である。だが、それだけ、鈴木というガイドが、さりげなく周到だということだろう。電話でさっそくどこかへ連絡していたが、その声も、浜風にちぎられ、何を話しているのかは聞こえない。かもめがきぃきぃ、空の高みで鳴いた。

私と鈴木さん、櫻井さんが並んで歩くあとを、息子が数歩、遅れてついてくる。舟工房が見えてきた。曇りガラスの古めかしい格子窓。千年も変わらないという風情で建っている。

「こんにちは。お仕事中、恐縮です」

一人の老人が、薄暗い工房の中央、木の舟の中にうずくまって何かしていた。

鈴木さんの呼びかけに、ふいっと顔を上げると、やあと手を挙げた。そうして誰とも特定されない、三人のまん中あたりをつーと見た。片方の目に視力はないだろう。白身のように混濁している。大きな窓から、ざあっとうねりをあげ、浜風が流れこんだ。紙の類なら吹き飛んでしまう。だが工房にある道具類は、自らの位置をどっしりと定めて少しも動かない。

「今日はお世話になります。ご体調はいかがですか」鈴木さんが穏やかに問いかける。

「心配せんでもええよ、このとおり」

「こちらは本日の見学者、平澤さんと息子さん、櫻井さんです」

「よお、来たね。舟造りといってもな、一艘一艘を、時間をかけて造っとるだけじゃがな。説明することもない」

鉋（かんな）、ノコ、金槌、才槌（さいづち）、メジャー、差金、砥石。そしてなんと呼んでよいのかわからない道具類が、舟を囲んで、雑然と置かれている。近森さんもその中に、物のひとつというように坐っていた。

そこへ、とうちゃんと呼びかけながら、幼い男の子がやって来た。陽に焼けた可愛い子供だった。

「ぼうや、いくつ」と思わず聞いた。子供はおずおずと、片方の掌を広げる。「かわいいお孫さんですね」。私が初めてこの浜へ来たときも、ちょうどそれくらいではなかったか。

「お孫さんじゃないんです。お子さんですよ」

鈴木さんの戒める声が、悪いことをささやくような声音で、工房の中に響き渡った。

「ごはんだよ」

とその子は言った。早い時間の夕食が、この家の習わしらしい。ガイドの鈴木さんが気を回し、

「あの、近森さん、食事をとられるならどうぞ。こっちも当日になって、急に押しかけたのですから。どうぞ私たちにはお構いなく」

するとの近森さんは、実に素っ気なく、

「ぐんぞう、おかあさんといっしょに、先に食べろ」

「ぐんぞう」という名なのかと、少し驚く。キラキラネームが流行ったのは、一時代前の話だが、さすがに「ぐんぞう」とは。いつの時代の名前だろうかと、私は逆に面白く思って子供を見た。地蔵によく似た、地味な顔立ちで、ぐんぞうという響きにどこかぴたりと合う。

地響きがしたような気がして、窓の外を見た。

浜を連れ立って歩いていく、地蔵の群れを見たような気がした。

「波の砕ける音でしょう」

櫻井さんが言った。櫻井さんには、いつからか、心の中を全部見られている気がする。

「今、製作中の舟は、どういう目的でお造りになられていらっしゃるんですか」

鈴木さんが代表質問をしてくれた。

「ああ。これはくり舟。一本の丸太を少しずつ削って」

「どんな方の注文ですか。若いひとですか、それともマリンスポーツ愛好家とか」

「いや、これはわしのじゃよ」

「あ、近森さんご自身の」

「ご自分で海へ漕ぎ出すというわけですね」

ようやく、私も質問をはさんで、（元気な爺さんだなあ）と思った。（まあ、あんな小さな子供がいるくらいだもの。だが、元気そうに見えて、九十だろ、途中で死んじゃうんじゃないかな）とも思った。大海原に漕ぎだす高齢者。それにしても、何のために沖へ出るのか。近森老には、未だ好奇心と体力が備わっているらしい。

窓の向こうに海が広がっていて、今まさに太陽が水平線へ沈むところだ。

「うわあ」

息子が大声をあげ、工房の外へ飛び出していく。鈴木さんと櫻井さんがびくっとして、息子の姿を目で追った。近森さんは、耳が遠いのか、仕事の手を休めず、驚いた様子もない。

「夕日、夕日なんです。夕日に感動したんです。何度も驚かせてすみません」

私は謝った。窓の向こう、重い重い車輪が、じりじりと海面をこすりながら沈んでいく。

大人しい息子の中に、いつからか荒れ狂う一匹の虎が住み着いている。それに気づいたのは、彼がまだ小学校へ上がる前のことだ。何かを見、経験した時に、彼の中の虎は、コントロールを外れて、いきなり動き出す。何がそうさせるのかは、おそらく彼自身にも、もちろん私などにも予測できない。いい現象であれ、悪い現象であれ、とにかく息子には、時々、ああして大声で叫ばずにはいられなくなるような時がやってくるのだ。虎を殺してはならない。虎がいるからこそ、息子は生きていられるのだから。我が虎とともに生きるのだ、生きるのだ、生きるのだと、まるで自分自身に言い聞かせるように、息子と生きてきた年月。だが正直、時々、何もかも放り投げ出したくなることがある。絆という絆、縁という縁を、すべて断ち切って一人になりたくなる。息子を捨てられたら。息子を捨てられたら。そうしたらどんなに自由に生きられるか。

近森さんは一心不乱に小刀で舟の内部を彫り進めている。木が削られていく、シュッシュという音がたち、そのリズムで肩が上下する。裸の背中の筋肉が上下に激しく動き、後ろから見ていると、実に艶かしい。逞しい背中の肉が踊っている。そこからわずかに立ち昇る湯気。あれが男の肉体だと言えば、近森さん以外、ここに男はいないと言ってもいい。男の私まで、見とれてしまう。

傍の櫻井さんを見ると、櫻井さんもまた、光る目で近森さんの肉体を見ている。ガイドの鈴木さんが、我々に見せたかったのは、近森さんの顔より、この鋼色(はがね)に焼けた肉体だったに違いない。沈黙を沈黙と意識しない時間が過ぎていく。我々はいたのに、いないに等しかった。「見学」という行為の、最上級の状態を、今、味わっているのだと思い、私は感謝の気持ちをこめて、鈴木さんを見た。

削り取られていく舟の中を深くのぞきこむと、しゃがみこんで作業している近森さんのそばに、真新しい一本の縄が、太い白蛇のごとく、とぐろを巻いていた。舟を引くための綱手(つなで)だろうか。今にもにょろりと動き出すようだ。使われる前の縄の白さが、妙に生々しく目に残った。

「ありがとうございました、近森さん」

鈴木さんの声が上がり、我に返る。オプショナルツアーもおしまいだろうか。

すっかり陽も落ち、あたりは暗い。息子のことが気になったが、浜はひとつだ。きっとどこかを歩き回っているだろう。息子にははっきりと多動の衝動もあった。

振り返って櫻井さんを見る。私は驚いた。年上とは思ったが、やはり年上だ。朝から一日、一緒にいただけなのに、櫻井さんは、この一日で、ずいぶん老けてしまった。夕暮れからこうして夜になるに従って、櫻井さんの顔には濃い影が落ち、かつての祖母がそこにいるようだ。まるで引力に引っ張られたかのように、頬の肉も目尻も、垂れ下がっている。

「お疲れじゃないですか」

労わるように櫻井さんに言うと、櫻井さんは、柔らかくかぶりを振って否定する。その仕草も、祖母に似ている。

「帰るんなら、お前さんがた、うちで干したアジの干物を持って行かんか」

近森さんが、くり舟の中から叫んだ。

「え、よろしいんですか」

「ええよ、それが目当てじゃろ」

「まさか、近森さんの精悍なお姿を眺めに来ただけで」

鈴木さんには、魂胆があったようだ。

近森老は笑って、おーいと呼ぶと、やって来た、先ほど男の子に向かって、アジ、三人分と乱暴に告げた。


「美味しいんですよ、これが。小ぶりの干物ですが、そりゃあもう、絶品で。東京じゃ、絶対、食べられない。売ってませんからね。ここにしかないものです。酒のつまみにもなるし、朝ごはんにもぴったり」

近森老の工房を出て、しばらく歩いたところで鈴木さんが言った。浜にはわずか、月明かりが射して、行く道をぼんやりと照らす。闇の中でも白い波頭が見えた。何かとんでもないものを踏みつけてしまうのではないか。私はそんな気がして用心深くなっている。伸びてきた波を避けられなくて、靴やズボンの裾を濡らす。下半身から消えていくようである。

「どうも、足元がぐにゃぐにゃしていますね」

「歩きにくいですか」

「ええ、しかしなんとか前には進んでいます」

「前なのか後ろなのか、わかりませんがね」

「短い時間だったように思いましたが、いつの間にか、随分、時間が経っていたようです。電車は大丈夫でしょうか」

「ええ、ええ、大丈夫でしょう」

前をゆく櫻井さんがおかしい。腰のあたりがだいぶ曲がって、まるで老婆だ。

私の体にも、一日の疲れがどっと降りてきた。左膝が痛み出し、すり足になる。水際が見えないが、もう波を避けられそうにない。

「おみ足がお悪いようで」

鈴木さんがしんみりと聞く。

「ええ、長く歩くとね、痛みがでます」

「時代の病いでしょう」

「時代の病い？　年のせいかと諦めていましたが」

「見回すと、若い人もみんな、どこかしらに痛みを抱えていますよ」

「そう言う鈴木さんは、どこから見ても健康そうじゃありませんか」

「なにをおっしゃいます。もう、ぼろぼろです。かろうじて、気を張っているだけで」

よく見れば鈴木さんの額にも、深い横皺が刻まれている。真っ黒だった髪は、白髪六割で、全体がグレーだ。

「今日は大した九十歳を拝見させていただきました。ああいう人がいるんですね。清々しいお顔と、あの肉体」

思わず羨ましいという声音になった。

「触ってみたかった」と言うと、「触ってみればよかったのに」と鈴木さん。

昼間、苫小屋で櫻井さんと抱き合ったことが、夢の出来事のように感じられる。

「日本人は、家族同士でも、あまり肉体に触れない文化ですが、おふくろやおやじの手を、死ぬ前ににぎりしめてやればよかったと、後悔してるんです。生きてるうちだけですよ、手をつないで、手を握って、体を抱いて、体温を伝えて」

鈴木さんが歌うように言う。

「そうですね。近森さんの体を見て、なんだか男として刺激されましたよ。お土産までいただき、申し訳ないようなツアーでした」

「いやいや、あんなんで、金を取るほうが申し訳ないくらいで。前には怒り出す人もいたんです」

「ああ、他の方にも、近森さんの工房を案内されたんですね」

「ええ。人を見て誘ってはいるのですが、それでも面白かったという人と、なんだ、あれだけか、という人とがいて」

「そうでしょう。そう思う人もいるでしょう」

「やはり、そうですか」

「くり舟製作者を見に行くというだけじゃ。私は、それでも十分、満足でしたが、不満を持つ人の気持ちはわかります。何か、見るだけじゃなくて体験したいんでしょう」

「ああ」と鈴木さんは虚をつかれたような顔をした。そうして私の目を見つめ、

「近森さんのところで体験するといっても、やはり、あの舟の中には入れませんよ。あれはね、棺なんですから」

「え、棺って誰の」

「それは依頼者の。みなさんに体験してもらうとなったら、みなさんに自分の棺を造ってもらうしかないのでしょうなあ」

「さっき伺った折には、近森さん、ご自分の舟を造っておられましたよね」

「そう。いよいよかと思って、見ていました」

「いよいよって」

「いよいよです。ついに舟に乗って漕ぎ出していく決心をなさったというわけです。つまり近森さんは――」

「――自分の棺を作っている？」

「そうです」

「まだ小さなお子さんがいるじゃないですか、確か、あのとき、ぐんぞう、と」

「そう。確かに。人の心の中はのぞけません。我々も、九十になってみなければね」

近森さんは、そんなことをしていたのか。いや、舟に乗って沖へ出るなんて、そんな死に方があるのか。驚いていると、鈴木さんは続けた。

「沖へ、何も持たずに、漕ぎ出すわけですが、悲惨ですよ。やがて干上がって、人間の干物です。そういう人を見たことがあります。太陽の光は容赦がなく、水を飲まなければ、それだけでもう、生命は危うい。鳥につつかれたり、舟が転覆することもあります。近森さんはね、自分の命に自分で線を引きたい人間を、ああして、ずっと引き受けてきたんです。舟に乗せて海へ送り出す。表向きは、海難事故ということになる。わかればもちろん、事件になるでしょうね。意図的な自殺幇助ですから。だからどこまでも表向きは舟の職人。ねえ、人間は意識して溺れるということができるんでしょうか。近森さんは泳ぎの名手なんです。そんな人が沖へ漕ぎ出す。死ぬと決めても、果たしてうまく死ねるでしょうか……さあ、これで、ツアーは本当におしまいです」

月明かりに照らされたその顔が、不気味に浮かび上がり、鬼に見えたかと思うと、鈴木さんが消えた。

「鈴木さん、鈴木さん、あれ、おかしいな」

急に心細くなって、今度は、背後にいた櫻井さんを探す。

「櫻井さん、櫻井さん」

櫻井さんがすっと横に来た。

「こんなことってあるんですね。私、とんでもないツアーに参加したようです。今、お二人の話を聞いて、固まっていました。お名残おしいですが、もう、お別れですね。今日、初めてお目にかかりましたが、私とあなた、どこかでつながっているような気がします。一千年前は、恋人だったんじゃないかしら。ねえ、恥ずかしいのですが、もう一度、きつく抱きしめてくれませんか。わたし、長いあいだ、人の肌に触れていないのです」

何も言わずに櫻井さんを包み込む。骨がギシギシと鳴った。私のか、櫻井さんのか。

「痛くはありませんか」

櫻井さんに尋ねると、櫻井さんは、にんまりと笑って、痛いですよと簡単に肯定する。櫻井さんは、頭髪が真っ白だ。額には横筋の皺が何本も深く刻まれている。老いが急速に櫻井さんを襲っている。

曲がった腰をさすりながら、櫻井さんが、自分の家のベッドのように、浜へ横たわった。その上へ、私は蒲団のように被さった。櫻井さんを傷つけないように、ギシギシと動きながら、闇の中で貝の舌を探した。やがて探り当てたそれは、生きているように巧みに動き、私を誘う。櫻井さんから離れられない。冷たい舌を思い切り吸うと、私の中から、何百年かの欲望が次々と溢れだし、私は櫻井さんの、口から首、首から胸、胸から下半身へと舌を移動した。

ひゅるひゅると音がする。櫻井さんのあげる喜びの声だ。

我慢できずに強く押し入ると、重なった。一つになった。上下左右、ぎしぎしと動く。痛い、痛い。痛いことが生きること。

櫻井さん、櫻井さん、夢中になって櫻井さんの名を囁くと、あっという間に果て、砂が肌に食い込んだ。

櫻井さんが消えた。かすかに残尿の匂いがして、私は祖母と交わったような気がした。砂を払って立ち上がる。そのとき初めて息子のことを思い出した。恭平、恭平。呼ぶが、どこにもいない。


ある日思い立って沖へ漕ぎ出し、そのままついに戻らなかった人の話を聞いたことがある。行方を探しに、別の舟で追いかけた者が、海上を揺蕩う一艘の小舟を発見する。だがその中に残っていたのは、亜麻布一枚だったという。

山の人は山にこもり、海の人は沖へ出る。かつて子供だった私は、浜辺で貝を拾い、それを唯一の土産として東京へ戻った。行くときは、祖母が一緒だったのに、帰り道、祖母はいなかった。誰が私を連れ帰ってくれたのだろう。親戚の人。女の人。若い人。優しい人だった。その人は、もう祖母は戻らないと私に言った。けれど私は信じていない。今もまだ、祖母が陸地へ戻ってくるような気がしている。

タッタッタッタッ、こちらへ向かって走ってくる不揃いな足音がする。犬ではない。息子、恭平だ。月の光に照らされた彼は、衣服をすっかり波に濡らし、大きな嬰児のように見える。しかし口を開くと、至極まともなことを言った。「何処へ行っていたの。電車がなくなるよ、はやく、家に帰ろう」。

そう言えば、と思い出した。私には息子と帰る家があった。

「ずいぶん待たせてしまったようだな。腹は減ってないか」

息子は何も答えない。波の音が高くなった。

匙(かひ)の島

晩い午後に、一隻の小型客船が桟橋についた。カツオ漁を終えたいつもの船が、三隻、定位置に停泊している。その左端に、小さな客船は心なしか遠慮がちに停まった。

フミは、桟橋から少し離れたところに建つ、漁業組合の二階からそれを見ていた。航海を終え、ゆらゆらと停泊している船が、まるで考え事をしている最中のように見える。あたりは物音ひとつしない。今、この光景を見ている人間は、自分の他にいないない気がした。

漁師たちは、みんな帰宅し、今頃は昼寝の真っ最中だろう。あと少し残った事務処理が終われば、最後、戸締まりをして帰っていいことになっている。事務所にはフミの他、誰もいない。つけっ放しのラジオからは、前時代に流行ったという、アムロナミエの歌が流れていた。I'll be your hero……… あびやひーろーと聞こえてくる。あなたのヒーローになりたいのだと、美声の歌手は声を張り上げている。なんて屈託のない明るい歌だろう。男も女も、まだ微かな希望を携え、生きていた時代が確かにあった。

フミはまだ二十歳になったばかりだったが、素直なメロディが心にしみて、自分が不意に老いた気がした。フミという、古風な名前に導かれてのことでもないけれど、着るものも聴くものも、気づくとみな、昔風の、懐かしいものに心惹かれる。

ばっちゃは言う。おととい、生まれたと思ったのに、今日は鏡の中に、しわくちゃの女がいたサー。

そんなバカな。しかし一生はそのように、短いものであるらしい。問題は、「今」のけだるさ。この島には時間というものが流れていない。今、今、今は数珠のように連なって、どんよりとたまった時間の池を作る。この島には独特の磁力が働いている。もがいてここを脱出しようとしても、母のような力強い両腕で背後から抱きしめられる。その力は温かく、抱きしめられた誰もが、ここに安住したくなる。しかしそれが島の呪いだったと気づく頃には、もう島を出る気概も気力も失われているのだ。

フミはいらいらし、その腕を振り払って、島の外へ脱出したい。解き放たれた世界で、思う存分、生きることを始めたい――。しかしその、生きることとは一体、何だろう。何をしたいのかもわからないくせに、飛び出しさえすれば、その何かが見つかるような気がして、しかし、飛び出すきっかけもつかめず、絶えず引き戻され、自ら戻り、挙げ句の果てには、煮詰まった自己嫌悪に悩まされている。快活で誰からも頼りにされ、頭が良くて辛抱強いフミも、一方では、ひどく頭でっかちで、行動に踏み切れない臆病な一面があった。

その時、視線の先で風景が割れ、船からわらわらと人が降りてきた。先頭の一人はフミもよく知る顔だ。船を操縦してきたのは彼だろうか。いつ見ても頼りない彼が、小型船舶の操縦免許をいつのまに取ったのだろう。

彼の父は、カツオ漁にかけては、島の誰もが一目置く漁師だ。比べてこの息子は浮草みたいにフワフワ。みんなから魚のカツオにも劣ると言われ、その名の勝男までが、からかいの的になってきた。

その勝男に続いて出てきた三人は、フミの初めて見る人々だった。若い夫婦と娘が一人。娘は縁の丸まった、上品な麦わら帽をかぶっている。

夏休みもとうに終わったこの時期に、子連れの観光客というのは珍しい。人より荷物のほうが多いのも目を引いた。一個、二個……全部で八つもある。勝男がそれを、実にきびきびと台車に積み込んでいく。あれは本当に勝男だろうか。やや遠目に見る一人の男は、なかなか頼もしく、もはやフミの知る、駄目男ではない。

やがてひとかたまりになった人と荷物が、段々とこちらへ近づいてくる。フミはあわてて窓から離れた。

「フミちゃーん、桜やまでタクシー一台、呼んでくれるかぁ」

下から勝男の声が聞こえた。こんなときだけ、ちゃん付けで呼ぶ。次の瞬間、どかどかと階段を上がってくる足音がして、いつものとぼけた顔が現れた。フミはわかったとも言わず、受話器をとり上げ短縮ボタンを押す。

「おじさん、桜やまでお願いしたいンよ、お客さん、待ってるンだけど、今すぐ来れる？」

シモジのおじさんは個人タクシーを商っているわけではない。しかし空いているとき車を出してくれる。この島だけの、いわゆる白タクだ。いつものことだが、寝ていたらしく、反応がふた呼吸くらい遅れたものの、アア、イイヨォと請け負ってくれた。

「桜や」は、この島のなかでは比較的新しい自炊型のアパートメントで、未亡人のマサ子さんが商っている。

フミは下にいるお客さんたちが、どこから来たのか聞きたくてたまらなかったけれど、手元の仕事に没頭しているふりをした。すると勝男がしゃべりだした。

「無口なお客さんだー。あーんな静かな家族、見たことネー。事情あって、まだ住む家が決まらないんだと。そんで桜やで、家を探すあいだだけ暮らすぅ、言ってる。言葉聞いとると、東京の人だなぁ」

ふうん、とフミ。あんまり他人(ひと)さまのことに夢中になるんじゃないと、このあいだも、ばっちゃから釘を刺されたばかりだ。——他人さまには他人さまの事情があるンよ。こっちからずかずか入っていかなくても、むこうさんが言うまで待てばいい。けンどいったん、つきあうとなったら、こっちも心開いて、一期一会でつきあわんといかん。心開きば、道も開く——。

ばっちゃの言うことは頷けるが、実践するのは難しい。

「お客さん、暑いなか、気の毒だワ。冷たいもんでも出そうか、ここへ上がってもらう？」

フミが気遣うと、勝男はニヤニヤ笑いながら、

「フミが窓からこっちを見ておったの、丸見えだったからョー。いっつも窓の外ばかり見てるに。いつ仕事するんネ。怠けはいかんよぉ。たーくさん、もらってるんだら」

「うはっ。フミはオレと違って頭いいもんナア。あんたが言うほど、もらってないワ」

「正社員じゃないヨ、まだアルバイトだぁ。脇見してても仕事片付くト。下のお客さん、荷物がすごく多いンョ。ここまで運べんから、下で待ってもらう」

「あば、わたしが行くョ。せめて日陰に入ってもらお」

そう言うが早いか、フミは、たんたんと階段を駆け下りていく。九月になっても、陽射しは強い。

見れば日除けもない炎天下のなか、三人と八個の荷物は、静物画のようにじっとたたずんでいた。

「すんませーん。いま車来ますんで、裏のほうで涼んで待っといてください。荷物はそのままでいいです」

組合ビルの裏手へ案内する。そこには表からは想像できない、美しさにあふれた庭園があった。漁師さんの一人に園芸好きな人がいて、その人が設えてくれた庭だ。ゴーヤだのハーブだの花だのを育てている。魚よりも本当は草木が好きなのだというその人は、カツオ漁を引退し、陸（おか）に上

がる日を何よりも楽しみに生きていた。

庭の中央には、大きなパラソルとテーブル、テーブルを囲んで四脚の椅子もある。パラソルの下の丸い日陰に、三人はうまく収まるだろうか。「どーぞ座ってください」と誘導すると、「ありがとうございます」と、母親らしき人が初めて声を出した。紺の水玉の、涼しそうなワンピース。突き出た二の腕が真っ白に輝いている。

娘のほうは脚をピッタリ覆う細身のスパッツと、上はだぼっとしたTシャツの装いだ。何も言わず、ぶすっとした顔で椅子に座り、座ったとたん、自分のリュックのなかから端末を取り出すと、一気に画面に吸い込まれた。そこにいるのに、もうどこにもいないみたい。その傍らに、父親らしき人が影のように立っている。

「東京からですか」

誰にともなく、三人の中心に向かって聞く。

「ええ」と奥さん。三人の中で、声を出す役目は自分だ、とでもいうようだ。他の二人にも、フミの声が聞こえているはずなのに、聞こえていないかのように無視される。

「娘さん、高校生ですか」

顔もあげない娘のかわりに、ここでもまた、母親が頷いて答える。

「十六になります。挨拶もできないで……。わたしたち、観光でなく、こちらに移住するためにやって来たんです」

やっぱりそうなのかと思いながら、フミのこころのなかに複雑な感情が広がっていく。

十年前、まだ小学生だったフミもまた、父母と、まだ幼子だった弟の烈とで、母の生まれたこの島へやってきた。島には母の母、フミたちがばっちゃと呼ぶおばあが一人暮らしをしていて、フミたちは、その敷地のなかに二階屋を建て住み着いた。身体の芯には、まだトーキョー弁が残っている。思いがけない時、ひょっこり出てくるそれは、自分でもびっくりするほど冷ややかな感触があって、フミはその時だけ、違う自分に内側から触れる。

「わたし、ここの組合で、事務のアルバイトしてるんです。困ったことあったら、なぁんでも言ってください。こっから、うちも、すぐなんですよ。母と祖母と、中学生になる弟と住んでます。ハマシマ、いいます」

内面には何重にも鬱屈を折りたたみながら、フミは人に対するとき、せいいっぱいの笑顔で、よき娘を演じる。

「ミ、チ、シ、タです。お世話になります」

ここから出ていきたいフミとは逆に、こうしてこの島へやってくる人々もいる。彼らもいずれは島になじみ、島の顔になっていくのだろう。島の顔——そういうものが確かにある。ここに来たばかりの頃、フミは地元の人々のなかに、母とよく似たまなざしを見つけては、まるで島全体が一大家族のようだと思った。黒く豊かな毛髪、樹木の幹にも似たがっしりとした体つき、始終、眩しそうに目を細める仕草。自分のなかにも、同じものを確認した頃、フミもまた島の人間になったのだろうか。眉といい髪の毛といい、毛髪こそがこの土地と自分とを、縄のような絆で繋いでいると思う。

それが重い。断ち切ってしまいたい。海を渡りたい。かつて人から、アサギマダラという蝶を教えられたとき、フミは興奮した。旅する蝶、アサギマダラは、島から本土へ、本土から島々へ、あの繊細な羽を震わせながら、はるばる何千キロという沖合を一心に渡るという。

フミはそのなかに混ざって海洋を渡る、自分の顔を想像した。そして夜の海原を渡る、恐ろしさと自由とが、肺を煙のように満たすのを感じた。

昔、東京で、蝶を意味する「パピヨン」という名の、脱獄兵を描いた映画を観たことがある。テレビでやっていた深夜映画だ。観せてくれたのは父ではなかったか。父もまた、精神的には、海を渡る蝶の仲間だったのかもしれない。

フミの目の裏に、カツオのどす黒い赤身が蘇る。数年前の夏、そんな暗紅色のスカートをはいた女が、いきなり家を訪ねてきた。

目の細い、遠慮がちな物腰のその人は、見るからに島の人ではなかった。その日、西日のさす六畳間に額をこすりつけ、いっしょにならせてくれと母に頼んだ。彼女の言う相手とは、母の夫、つまりフミと烈の父親だった。なんてずうずうしい人。なのになんて涼しい声の人だったろう。あの人が手土産に持ってきたのは、重い重いスイカ。母はそれを彼女が帰ってから、ドッコラショと持ち上げ、平然とした顔で庭にぶん投げた。

スイカは面白いようにぱっくり割れた。まるで、ニンゲンの頭のようだった。赤い果肉と黒い種が、地面に飛び散り、割れて潰れ、フミはそれを見ていた。烈も見ていた。

誰も片付けないスイカに、幾日も激しい陽がふりそそぎ、果肉からは腐臭が漂い始め、無数の蝿が群がった。巨大なアリもやってきた。犬、猫、鳥、鼠、ごきぶりも。みんなみんな、崩れた果肉を食ったに違いなかった。

それでも父は、四方から押し潰されたような顔をして、しばらくは家にいた。ぎくしゃくとした日々が長く過ぎ、ついに父が家を出ていったのは去年の夏だ。どす黒く焼けた父の襟首。破壊されたスイカの夏。

家を出るということは、この島を出るということ。父はあの女と結婚するのだろうか。その前に母と離婚するのだろうか。母には聞けない。

父が出て行った次の日から、食卓が微妙に変化した。父はこちらに来てからカツオ漁を覚え、島独特の漁法で、一家を支えた漁師だった。刺し身だ、なまり節だと、食卓には、ほぼ一年を通して豊富なカツオ料理が並んでいた。

もちろん、父がいなくなっても、家の近くにあるマルコシスーパーに行けば、朝獲れたものが柵で売ってる。だけどそれはもう、父のカツオではない。

もともとしゃべる人ではなかったけれど、「フミ」と呼ばれ、そばにいくと、父はそれしかできない不器用な仕草で、フミの髪の毛をぐしゃぐしゃにした。何か、可愛がられていることが肌でわかったが、それはいつも言葉に置き換えられることはなかった。そしてその、陽に焼けた笑顔を見たとき、我が父が、おんなのひとに好かれる理由を、即座に理解したフミだった。

表のほうで、ププッと、二度、軽く、クラクションが鳴る。シモジのおじさんだ。今日は早い。

「お泊りは桜やと聞いていますJ」フミは三人にさりげなく確かめながら、車のほうへと一家を誘導する。表には、シルバーのミニバンがとまっていて、仏頂面のおじさんと勝男が、次々、荷物を積み込んでいる。勝男が、まだいたことに、少し驚きながら、ああ、荷物番をしていてくれたんだなと思い直す。おじさんの耳もとに、フミはこっそり忠言するのを忘れない。〈ここから桜やまで、一本以上、とったらいかんよ〉。一本とは千円のこと。品行方正とはいかぬおじさんも、フミの言うことだけは、おとなしく聞く。

ミニバンは、桜やへ向けてゆるゆると出発した。

「フミ、気になったト」

いつのまにか勝男が横に来て言った。

「何がぁ」

「あの家族サー。おまえ、東京に戻りたいんだろ」

フミは黙っていた。自分でも、自分の気持ちがよくわからない。戻れる家など、ここより他はなかった。けれど島を出て海を渡りたい気持ちにいつわりもなかった。そしてその先には、やっぱり東京がある。

フミが十歳まで暮らしたのは渋谷区の原宿裏。都会の真ん中だったが、ネズミの住む崩壊寸前の古いアパートがあって、一家はそこに住んでいた。まるで隠れ家のようなアパートだった。界隈の土地を所有する変わり者のおばあさんが大家で、フミのことをとてもかわいがってくれた。そのおかげか、家賃は特別扱い、相場よりもうんと安く、他の人にはけっして言えなかった。そんなことは続かない。いずれ、いつかは出ていくことになると覚悟はしていたが、やっぱりそうなった。そんなとき、こっちへ来ればいいと、声をかけてくれたのが母の母、ばっちゃだった。

あれから十年。東京で生まれ、東京で育った父が、よくこの島に馴染んだと思う。苦労はあったろう。寂しさもあったはずだ。フミはどちらかというと、父親っ子だったから、父の気持ちがわかるような気がする。いま、何処で暮らしているのだろうか。東京に戻っているのではないか。フミが今、島を出るということは、世話になったばっちゃと母と弟と海を捨て、父の世界へ重なるということでもある。それを自分が望んでいるのかどうかすら、フミは知らない。

島に生まれた勝男は、島を愛し、島で生きることに一点の疑いも持っていないように見える。そうして島以外の土地や人に、何かと批判的な目を向けては、やっぱりここが一番だと言う。いつからあんなに保守的な、島ラブの塊になったのだろう。複雑な思いで勝男を見る。

「フミ、いいことを教えてやろうか」

「なんね」

「シロマさんちの裏手に、涸れ井戸あっただろ?」

「ああ」

「けさぁ、真水がいきなり湧いてきたんだと」

「あばぁ、ほんと？　ほんとなの？」

「見てこい、見てこい、すんごいぞーきれいな水ネー」

みるみるうちに、フミの瞳が濡れ、輝き出す。小さな頃から、「水」が好きだった。透明な水が。少女の頃は、いつか水を売る売水業者（ウォーターセラー）になりたいという夢さえ持っていた。綺麗な水を見るとフミのなかに、誰に捧げたらよいのかわからない感謝の念が湧く。綺麗な水、綺麗な水よ。

島の周囲には透明な海が広がり、真っ白な砂浜に波が打ち返している。今のフミにとっては、当たり前の光景だが、当たり前は当たり前ではないのだとばっちゃは言う。一体、何を見てきたのか。自分の過去を、つぶさには語らなかったけれども、水を汚した人間が、汚れた水から、どんな恐ろしい報復を受けることになるのかを、彼女は知っているらしかった。


その日の夕刻、井戸のまわりには、女たちばかり四、五人が集まっていた。そこが涸れ井戸だった頃には、そんなふうに誰かが集うこともなかった。集落はいつでもしぃんとして、人の気配がしなかった。からからになった井戸の底には、どこからか運ばれた種が芽吹き、人はここを、〈草の井戸〉と呼んだ。

「水が湧いてきたってぇ？」

興奮を抑えながら近づいていくと、みんながいっせいに丸い目でフミを見た。

「誰が言ったのぉ」とシロマのおばさん。

「勝男に聞いた」

「おしゃべりだねぇ、あいつは」

「言ったら悪いの？」

「そんなことはないけど、これはべらべら喋るもんと違うョ。静かに祀らにば。あんたんとこのばっちゃには真っ先に告げたさぁ。ハナさんが予言しとったとおりになったんだからョォ」

日頃、何でも開放的なおばさんが、声を潜めるので、フミはおかしい。

「ばっちゃが予言？」

「島の井戸がそろそろ開くと」

「ああ、そんなこと、言っとったネー。こうして湧いてくるまで、すっかり忘れてた」

「島の涸れ井戸は三つあるンョ。湧いてきたのはここだけ、奇跡ナヤ」

そうそう、とうなずきながら、集落のおばさんたちも顔をほころばす。

「ふしぎちゃー、ふしぎョォ」

「ふかどぅくるところから湧いてきたトー」

「いつむとぅ、だぁいずな水」

皆、かわりばんこに井戸を覗き込む。その面が、そのままぱかりと井戸に落ちるような気がしてフミは怖い。見上げた顔はのっぺらぼう。何でも無闇に覗き込むものではない。
けれど促され、フミも井戸の中を恐る恐る覗いた。張り付いた仮面を落とさぬように。底のほうに、ふるふると揺れる暗い水があった。その暗さに秋の青空が溶け込んでいた。
幼かった弟は、ここを通るたび、可愛い声で唱えたものだ。

ニゴウ（願う）、ワキテオクレ（湧いておくれ）、
ニゴウ、ワキテオクレ

水の好きな姉のために、烈はそんな願いをかけたのだった。あの声が、水を地上へと呼び上げたのではないか。

三人家族の住み家は、その井戸からもごく近い、同じ集落のなかに見つかった。島の仲通りから、二本、道を奥へ入る。鉄筋コンクリート二階建ての家壁には、真新しいクリーム色のペンキが塗られ、くすぶった界隈では特別目立った。勝男の話によれば、あのシモジのおじさんが、家の手配から修繕までを一人で請け負ったのだという。いつどうやって、一家の懐に入り込んだのか。愛想は悪いが手先が器用なおじさんは、白タクの運転手ばかりでなく、ある時には斡旋業者、ある時にはリフォーム屋、あるいは電気屋、はたまた水道屋と、何にでも変身する。

住民が激減しているこの島では、空き家はいたるところにごろごろあった。けれど住む人を失った家は、急速に衰え廃墟となる。再びそこを住居とするには、多くが内部の修繕を必要とした。かつての住人は、死んだか島を出ていったか。その残影に挨拶をして、ここに暮らすよ、守っておくれと頭を下げる。この島に暮らすということは、そんな見えない存在とも、つきあっていくということだった。

「じゃけど」と勝男が言う。

「あの一家の旦那さんは、なーんもしゃべらんね。どんな声をしとるか、フミ、聞いたことあるか？　いっつもしゃべるんは、奥さんばっかりじゃ」

「ああ、そうやね」

「なぁんでこんなとこに一家で来たト？　だあれも知らん」

「知らんでいいのよ」

「フミはいっつもきれいごと言うとって。なんーか悪いことして、本土に住めんようになったんと違うんか？　そうに決まっとる」

かつての自分たちのことまで言われたような気がして、フミは思わずムキになる。

「こら、勝男、根拠もなく、いい加減なことを！」

「こらとは何じゃ。フミは女じゃなか。男でも女でもない。ガーズー（我が強い）、オニババじゃ。すでになっとる。さっさと山行けや」

「ドウモ、ドウモ、オニババ、上出来ネ」

島には子供でもよく知る、オニババの山ごもり伝説があった。結婚せず、子を産むこともないまま年老いた女が、ある年になると山へ入り、木の実や木肌をかじりながら、だんだんと食物を絶ち、穴のなかで餓死を選ぶ。そういう女たちのことを、フミもばっちゃから幾度か聞かされた。

それを語るばっちゃの声には、オニババを哀れむような感じはなくて、むしろオニババに、我が身を重ねているような気配があった。家族がいようと、子を産んでも産まなくても、人生の中間ではどんなに賑やかで忙しくても、最後は、誰もがオニババの孤独につきあたる——最後は誰でもそんな一人だ。

誰もがタブーのように語るオニババだったが、フミもまた、オニババを思う時、悲しみの先にある「満天の自由」に触る気がするのだ。自分で自分に始末をつけることには、とてつもない覚悟と孤独があろう。それでも人は一人では死ねない。最後、穴のなかで、皮と骨になった亡骸を、片付けにやって来る清掃人たちを必要とする。生前、話をしたこともなく、死後、それだけの縁でつながれた人々だとしても。

ひゅーっと身の内を風が通っていく。

それにしても、ああ、目の前にいる、この目障りな間抜け面。

「あんた、よくよく考えてみ。井戸の水が湧いたのは、三人家族が来てからのこと。三人は神様かもしれンヨ。人の過去をほじくりだすのはヒマ人の仕事ネー」

そこまで言うと、勝男はようやくおとなしくなった。あの寡黙な旦那さんの声を聞いてみたいという気持ちは、フミとて同じだったけれど、それを口にして勝男と同じ土俵に下りたくはない。

「だいたい、しゃべらンでも、ニンゲン、死なンのョ。勝男はおしゃべりやから、わからンネー、寡黙の意味が」

「カモクってなんや。難しい言葉でごまかすなや、フミ」

フミはふっと気が抜けてしまって、もうこれ以上、勝男と口喧嘩をする気にもなれなかった。


東京から来た三人家族と、どういうふうにつき合っていったらいいか。集落の人々が戸惑っていたのは確かだ。奥さんはあまり人を頼らず、多くを自分で、あるいは金の力で、何とか解決してしまおうとする。旦那さんの方は度を越して無口で、ほとんど家の中に閉じこもっている。稀に出てきても、目が虚ろで、何か心の病いを抱えているのではないかと言う人もいた。奥さんも旦那さんも、働いている様子はまるで見えない。不労所得者だろと言う者もいたし、なかには、勝男のように、旦那さんの方を前科者扱いする者もいた。一体全体、一家がどうやって生計を立てているのか、余計なお世話だが、勝手な妄想は無料の娯楽とばかり、集落の密かな関心事となっていた。

かろうじて明るい話題にのぼるのは高校に通う娘だった。彼女は毎朝、早い便の船で、隣の馬島にある学校に通っていた。フミの仕事時間とは微妙にくい違い、行きも帰りもかち合うことはなかったけれど、その姿をよく目にするという勝男の話によれば、人が違ったように明るくなって、「生魚みたいに色っぽくなった」という。それを聞いたとき、フミは嫌悪感で皮膚が泡立った。

「相手は女子高生だワ。いやらしい目で見るナヤ、勝男」

「わかっちょるワ。ヤキモチやくな、フミ」

「あれー、よく言うワ。ヤキモチと違う。勝男はナルシストやね、終わってる」

「なんやと、オニババァ」

何かと言えばオニババァ。勝男は、まるで小学生だ。

フミは確かに、「色っぽい生魚」というタイプではない。どちらかといえば植物のようだ。花ではない。土地に根を下ろした樹木のようである。魚ならば、水を伝ってどこへでも行ける。けれど木は、木であるならば、土地から離れると枯れてしまうかもしれない。

十月。島に暴風と雨が吹き荒れ、それは三日間止むことがなかった。台風が去った時、キビ畑を渡る風に、よそよそしい不穏さはわずかに残っていたものの、いきなり青空がかっと広がり、太陽の陽射しが降り注いだ。土はよろこび、夏が再び戻ってきたかのようだった。けれどそれはもう、フミのよく知る、盛りの夏ではなかった。

ある日、いつもより事務所を出る時間が遅くなったフミは、ちょうど下船してきた、あの一家の娘と鉢合わせになった。あっと思ったが、口から出てきたのは、「一緒に帰らん?」という言葉だった。家の近所で行き交った時には、今までにもおじぎくらいすることはあった。けれど二人で親しく話したことはない。娘は少し警戒した様子だったが、いつしか並んで歩き出していた。

勝男の言うような生魚めいたところはなく、フミに見せる表情は、健康な女子高生そのものである。しかし「生魚」とは、女が女には、ついに見せない部分なのかもしれない。

いっとう最初に会った時、この娘は、フミの存在など目に入らないという感じで、何も喋らず、端末に没入していた。何が彼女を変えさせたのか。どことなく、角が取れて、妙に世慣れたような印象もある。

「どうですかぁ? こっちの生活、慣れました?」

「はぁい。いい感じです」

全国共通のなめらかな標準語だ。

「船の通学だよね? 楽しんでる?」

「実は、それが……問題で」

「船は苦手?」

「乗ってる時間は、三十分くらいなんですが、船酔いして、いっつももどしちゃう」

「そっか、それは辛いね」

自分も来たばかりの頃は、そうだったかもしれない。そう思いながらフミは、いつ慣れたのだろうと記憶を探る。夏が終わったとはいえ、娘もフミもまだ半袖で、細く白かった娘の腕も、こんがりといい色に焼けている。頬のあたりには、そばかすが可愛らしく散っていた。

「けど高校はスゴク愉しい。こっちに来てよかったです」

「ほんとー？　島は狭いし、噂広まるの早いし、楽しみないしー夢ないしー窮屈だしーまわりは海ばっかりだしー」

普段はそこまで思っていない。なのにフミは、わざとのように自虐を演じた。娘はぱたぱたと手のひらをふりながら、必死にそれを否定する。

「海がはんぱなくきれい。ありえない。コンナきれいな海、見たことない。魚もたくさん。すぐそばを泳いでる。びっくりしちゃった。それに夕焼けがスッゲ綺麗で。もう、死んでもいいくらい」

激しい物言いに気圧されて、フミはまぶしく娘を見た。フミ自身、近頃、朝焼けも夕焼けも見ていない。

気づくともう、仲通りまで来ていた。

「あの……お名前、フミさんでしたよね」

「そうだよぉ。誰から聞いた？」

「船をいつも操縦してくれる人」

「ああ、勝男ネ、あのひと、勝男っていうの。忘れていいよ」

「あはっ。あのひと、フミさんにぜったい、気がある」

「ええ？　迷惑だワ、それは」

「いっつも船のなかで、フミさんのこと、しゃべってますよ。島のクィーンとか、オニババとか」

「あばー、あきれる……ところで、お父さん、お母さん、その後、お変わりないですか」

「ええ、みんな元気デス」

「島に皆さんが到着してから、ずっと気になっていたんだけど、なにもできなくて。わたし、港の事務所でまだしばらくはアルバイトしてるから、困ったことあったら、あそこへかけこんでヨー。家に来てくれるのも歓迎だし」

「はー。ありがとうございます」

別れてから、フミはまだ、あの娘の名前を知らない事に気がついた。改めて思い返してみれば、誰もが、「あの家族」とか、「あのひとたち」という言い方で、遠巻きに彼らを眺めていたのだった。


釣った魚をめぐってちょっとした騒ぎが起きたのは、十一月に入った最初の週末のこと。島から島へとかかる大橋で、一人の釣り人が餌釣りをしていた。キビを専門に扱っている、富島農園の長男、大介さんだ。孤独な夜釣りが唯一の趣味で、その日も食事を終えてから一人で出かけたという。

橋の中央付近で釣竿を下ろし、しばらくかかるのを待っていると、あーあーいおうーえーあーと切ない声がしたそうだ。まるで赤ん坊が夜泣きでもするような声だったという。その夜はまるで釣れなかったそうだが、帰り際、何かが竿にかかった。引き上げて懐中電灯で見れば、額のせりあがった不気味な怪魚。気味も悪いがなぜか懐かしさもわいて、海に返さず、家に持ち帰ったのだという。

翌朝、いつものように朝食をすませてから、そう言えばと、昨夜釣った魚のことを思い出した。バケツに入れたのを台所の暗所（あんしょ）に置いたのだったが、それがどこにも見当たらない。奥さんに聞くと、今朝、三枚に下ろして人にも分け、すっかり食べてしまったという。

「おまえ食っちまったのか？」

「あんただって、今食べたョ。おいしい、おいしいって」

大介さんはぎょっとした。透き通った白身の甘い魚は、南洋鯛かと思っていたのである。思い返すに、段々と気味が悪くなって、誰かに話さずにはいられなくなった。

怪魚を見たという噂は島ではよく聞く。だがその多くは、単なる外来種だ。まれに絶滅したはずの古代魚の一種が、浜に打ち上げられてニュースになることもある。そういうもののなかには、見ようによっては人間の、ことに生まれたばかりの嬰児の顔によく似たものもある。

噂を聞きつけた一人に、とうに漁師を引退した古老がいて、それこそは「ヨナタマ」ではないかと言い出した。島に残る「人魚伝説」である。ある漁夫が釣った人面魚「ヨナタマ」を、みんなで賞味しようと、炭を熾し炙っていたら、大津波がやってきて、島は人も家も牛も馬も、すべてが洗い流されてしまったという。ヨナタマは、海霊と書き、「ヨナ」とは海のこと。「タマ」は女性の名称とも、命のことだとも言われる。

最初はただ、何かよくわからないものを食っちまったという、それだけの不安に苛まれていた大介さんも、次第に顔がこわばってきた。時間がたつにつれ、下腹のあたりが、どうも、どんより、重くなってきて。

例によって、フミにその情報をもたらしたのは勝男だった。夜明け前、海へ繰り出していったカツオ船の漁師らが、船上での昼食も済ませ、下船後、例の裏庭でヨナタマの話題に盛り上がっていた時、勝男は一人、その輪を抜け、事務所の階段を上がってきた。

「ヨナタマ、ヨナタマ、ヨナタマがついにこの島に上陸したトー」

「ヨナタマって何ヨ」

勝男はおおいに胸を張った。

「津波をおこす人魚ネー。フミは遠い島の伝説を知らんか。顔は生まれたばかりの赤子のような。そいでもって、きゅきゅうと鳴く。その鳴き声も赤ん坊とそっくりだと」

「へーえ。どこへ行けば会えるの、その人魚に」

「もう会えーん。大介さんが釣って、食っちまったトー。他にもおる。仲通りのあの三人家族にも分けたらしい。そこの娘も食ったとヨ。すんげえ食欲ダワ、あの子。島に着いたばっかの頃は、細っこくてなよなよしとったのに。近頃は黒豚だら。あつかましー」

「ムバぁ、女、豚扱いして、あんたなんか、陸にあがったカツオのくせに。食ってどこが悪い？もらったら普通、ありがたく食べるワ」

「ワルかー。ワルかヨ。ヨナタマ食ったら、津波やってくるんだワ。一つの島が、ぜーんぶ波に飲まれて、あとかたもなくなるんヨ」

勝男の黒目がひゅうっと小さくなり、勝男のすべてがそのなかに吸い込まれそうだ。

「知らーん。そんなこと。伝説にすぎん」

「そんでも、やべえもんはやべえんじゃー」

島にはいっとき不安が広がった。けれど結局、何も起こらなかった。大橋の真ん中で、お祓いをしてもらい、この騒ぎはいったん収まったかに見えた。

それなのに、赤ん坊の声が聞こえたという噂だけは、いつまでもしつこく残り続けた。気の毒だったのは大介さんだ。引き受ける必要もない噂を、ま正面から引き受けて、自分でも、いつしか、赤子の泣き声にとらわれるようになった。幻聴である。きび畑をゆく風の音、草木が風に揺さぶられる音、カラスの鳴き声、猫の鳴き声……そうした一つ一つに、赤子の泣き声を重ね、繊細な人だけにノイローゼのようになった。

魚を食べてしまったことを、いつまでも後悔し、眠りも浅い。ようやく寝入っても、生魚の悪夢を見た。「食っちまった魚」が胃を逆流し、口内で突如、生き返るのだという。ぴちぴちと尾びれがはねるので、それとわかるが、吐き出したくても、なぜかできない。結局それを、噛み切るしかなくて、勇気をもって歯をあてる。じゃりじゃりと、おそろしい音がして、うろこが歯間にはさまってしまう。喉につっかえ、んぐぐぐ。ようやくの思いで流し込むと、今度は腹の底から、暗黒の後悔がわきあがる。鏡を見ると、自分の口の端から、食ったはずの魚の下半身がぺろりとはみ出している——そんな夢。

それはもう、生々しい触感を伴った、経験そのもので、聴いている方が後味が悪い。

実は彼の他に、もう一人、ヨナタマに取り憑かれてしまった者がいた。フミの弟、烈である。図書室にある「島の伝説」の類を調べつくし、コンピュータで検索もして、ノートにびっしり、「研究結果」を書き付けている。普段から賢い子だったが、一つのことに興味を持つと、こうしてとことん調べ魔になった。

近頃では、ヨナタマ伝説から人魚研究、そして生命の進化論にまで興味が広がってきた。大介さんのそれより、ずっと前向きな取り憑かれ方だが、フミはうっすらと不安を覚えていた。烈が、誰も触ったことのない、生まれる前の時間に触れてしまったのではないかと思うからだ。

「姉ちゃん、覚えてる？　僕ら、母ちゃんのお腹ンなかで、波の音聴いたろ？　僕ら、いっとうさいしょは、魚だったンョ。羊水の海のなかを泳いでたンョ。三木成夫先生の『胎児の世界』、読んでごらンョ。人類はサー、魚類から両生類、爬虫類、哺乳類って進化の過程をたどる。それとおんなじよーに、僕らも母ちゃんのお腹ンなかで、進化の歳月を、超特急で駆け抜けるんだ。目ぐるぐるする」

烈の話は段々と熱を帯び、確信する者の正しさでドシドシと突き進む。フミは相槌もはさめない。小さな頃から変わった子で、海に潜るのが大好きだった。呼吸法を習うと面白いように習熟し、段々と長く海中にいることができるようになった。その意味では確かに、烈は魚だ。フミは驚き、感心する。烈を見ていると、鍛錬によっては人間も、魚のように海のなかで生きられるのかもしれないと思う。

けれど烈が海中に沈むとき、フミは不安で吐き気がするほどだ。これが見納めかと、毎回思う。海の中は、それでなくとも危険に満ちており、予想外の事故が起きる。不安になるのももっともだったが、しかし烈はいつだって帰ってきた。海に濡れ、海を脱ぎ、怪魚めいた崇高さすら、たたえながら。

もっともそれで、フミの不安が消えるわけではなかった。海上に顔を現した烈は、果たして今までの烈と同じ人間だろうか。微妙な点で、少し違っているのではないか。海と陸では、時間の流れ方が違う。海の中にいるあいだ、百年、二百年が一気にたったとしたら——フミの妄想はふくらんでいく。海からあがった烈が、浦島太郎のように、いきなりおじいさんになっていたらどうしよう。その時は、フミ自身もすっかりおばあさんになっているか、あるいはもはやこの世にはいないかもしれないのに、おかしなことに、自分のことは、いつも考慮の外にある。

ただ、烈が、自分らを魚だったと黒い目で言うとき、姉である自分にも、懐かしい感覚が湧き上がってくる。ぼんやりとしたそれは、もしかしたら、えら呼吸をしていた魚だった頃の記憶だ。ほっぺたのあたりが、ムズムズする。流れる海流をかき分けながら、前へ前へ突き進んでいく自分。フミの耳に、ざわざわとした遠い波音が蘇る。潮に乗って流れてくる子守歌。母のような女の声で歌われるそれは、海上を渡る強い暴風に千切れそうになりながらも、決して途絶えることがない。歌い継がれていく、歌い継がれていく。風が切れ目なく吹き渡っていくように。旅する蝶が沖合を群なし、渡っていくように。

波間にぷかぷか浮いているのは、あれはブイなどではなく、いままさに、生まれようとしている胎児たちだ。そのなかに烈もいる。フミもいた。〈わたしたちの生きるこの島は、誰かの胎内なのではないか――わたしたちはその誰かに孕まれている。あるいはその誰かとは「島」自身のことでは――〉。

島特有の閉塞感は、一方でまた、変化・変容を必要としないほどの、完璧な安らぎを人にもたらす。そんな島に孕まれているフミが、未来のいつか、誰かをその身に孕むこともあるのだ。フミはそのことを、まだ少しも実感できない。それどころか、生き物を産むって気持ちが悪いとも感じている。生き物とは必ず死ぬものであるのだから、産むこととは、すなわち死を産むことではないかと思われもした。

島の浜に立ち、はるか遠くまで、海の広がりを眺めていると、フミは時々、下半身がうずく。

人が恋しい。誰かの腕に強く抱かれたい。その欲望は、時にするりと、子を産み落としたいという生殖の夢にも変容した。水の中から新たな水がしたたり落ちるように、この体から、もう一つの塊が、ぬるりとしたたり落ちる——。

以前、水中出産という方法を人から教えられた時、フミにはそれが、極めて自然なものに思われた。生き物を水の中に産み落とす感覚を、フミは経験としては知らないけれど、体はすでに知っている気がする。海の中は、烈が言うように、母の胎内と一続きのものだ。そこはもう内も外もない。どこもかしこも海である。それは赤子にとって、どんなに安らかな環境だろう。

かつてフミは、「初潮」を秋の海の中で迎えた。この島に来て間もない頃のこと。フミは覚えている。透明な海の水に、一筋の赤がリボンのように流れていったこと。そのそばを魚たちが、フミに起こった出来事の意味も知らずにそよそよと泳いでいったことも。

恥ずかしさのあまり、なかなか海からあがれなかった。どうしたの？　もう帰ろうよ。友達がやってきて、フミの手をひく。長く海水に浸かっていると、体と海とが一つになり、下半身がしびれて、我が身という感覚を失った。記憶にあるのは、海からあがるとき、とても勇気がいったこと。とても痛いと思ったこと。内股をくるぶしのほうへ、経血が降りていくのを感じながら、フミはどうやって浜を歩き、どう家へ帰ったのかを覚えていない。

「赤ん坊の泣き声が確かに聞こえたンョ」

ある日、シロマのおばさんが興奮して言った。しつこく消えない泣き声の噂は、仲通りにまで広がっていた。しかしおばさんの言葉は、誰よりも具体的だ。その声が、三人家族の家からあがったのだというのだから。

年が明けた一月半ばのことだ。その噂をフミのところへ持ってきたのは例によって勝男だった。

「あの子やな。産んだのはあの子ネ」

勝男ははなから、決めつけて言った。

「まだ高校生ダラ、はらませたンワ、どこのボケや」

「ホントなの？　赤ん坊の泣き声っておばさんの空耳じゃない？　例のヨナタマだって赤ん坊の泣き声みたいな声で鳴くというじゃない」

「魚がこんな通りまで歩いて来っか！　ニンゲンの赤ん坊に決まっちょる」

勝男がフミをどやしつけるように言う。フミは自分が、無力な女になったように感じた。

事実は、それから、いきなり明白になった。奥さんが生まれたばかりの赤ん坊を抱いて、みんなの前に現れたのだ。みんな唖然として、具体的なイキモノを見た。そのモノは、自分が話題になっていることすら知らない。

日曜の夕刻、井戸のまわりで、界隈のおばさんたちはおしゃべりに興じていた。シロマのおばさん、イケマのヨシおばさん、ヤエさん、ウルカの和子さん。みんながみんな、噂の赤ん坊をはっきりと我が目で見て、言葉が何も出てこなかった。やがてばっちゃが呼ばれ、ばっちゃの娘、その娘の娘、つまりフミも呼ばれた。烈もついてきて、みんなが井戸のまわりに集まった。

「生まれたんです」

奥さんが言った。

「若いのに、どうも産後の肥立ちが悪く、娘はまだ横になっています。みなさんにどうお知らせしたらよいかと……ひとまず代わりにご挨拶させてください」

島の産婆を探し当て、誰にも言わずに産む準備を整えたのだという。最初から打ち明けてくれていたらとフミは思い、みんなもまた同じことを思った。

「いきなりこのようなことになりまして、申し訳がたたないとはこのことです。親としても目が行き届かず、恥ずかしいの一言です……」

赤ん坊はまだ、かわいいという形容の以前にある。猿のようだが、猿ではない。イキモノであるのは確かだった。魚から、ほんの一歩、進化した顔がそこにあった。

「夫はあんな状態ですから、何が起きているのかまったく理解ができていないようなんです。ただ、赤ん坊を見て、初めて笑いました。孫とわかったのでしょう。あのちなみに……生まれたのは男の子です。名前はまだです。名無しです」

名無しという言葉が、その場に矢のごとく放たれて、空気が清んだのがフミにわかった。奥さんが、旦那さんのことを口にしたのも初めてのことだ。フミは赤子を産んだ娘の気持ちを推し量る。家の奥で、一人、横になっている若い母親。誇らしいだろうか、恥ずかしいだろうか、それともまだ何も考えられないのだろうか。フミが越えられなかった一線を、若い彼女は軽々と飛び越えた。

奥さんに抱かれた赤ん坊は、糊付けされたみたいに目を開かず、こんもりと丘のように腫れたまぶたを陽にさらして眠っている。その顔が、一瞬、ゆがみ、揺らめき立ち、そこに老賢者のような、ひどくろうたけた面影が涌いた。フミがびっくりして見つめていると、次の瞬間、そこには怪魚のような醜貌が現れ、そこからすさまじい勢いで、カエルからヘビ、トカゲへと変怪(へんげ)し、再びサルに似た、赤ら顔の嬰児になって、はっきりと一度だけ、黒目をあけ、フミを見た。

あっと思った、次の瞬間、再びその目は縫い付けられた。めまぐるしい種の変化が、今、赤ん坊の顔の上を疾風のように通り過ぎた。

何が起きたのかとフミはまばたきをする。生きることの反対語は死ぬことではない。生きることと死ぬこととは裏返しの同じこと。生きよ、フミ。どこからか、やってきた声が、その時、フミの背中をどしんと突いた。

かつてこの島は、「匙の島」と呼ばれた。匙(さじ)を古語では「かい」と読ませる。古(いにしえ)には飯などをすくう際、貝殻を使ったと言う人もいた。そもそも島全体が匙のかたちをしている。そのことは、今では誰もが知ることだが、島全体を見下ろす視野を持ちようもなかった昔の人が、どうやってそれを知ったのかは、一番の謎だ。

島で一番の古老は語ったものだ。われわれは、カミサマのひとすくいの匙の中で守られている。人が生涯、どんなにもがき、どれほど島から遠くへ行ったとしても、つまりはこの匙の池の中で、束の間の水遊びをしたにすぎない——。

「島に赤子が生まれたんは、どれほど久しぶりのことやろう」

「祝いの儀式もせねばなるまい」

ばっちゃたちの声に、フミは再び現実に立ち返る。島に伝わる赤子の儀式は、ここ半世紀のあいだ、執り行われていなかった。木製の匙で綺麗な水を汲み、赤ん坊の口をしめらすのだ。そのことで、新しく誕生した彼あるいは彼女を、島の一員に迎え入れる。

冷静に考えれば、事後の問題はいろいろあった。なにしろ母親は高校生だ。これからどうするつもりだろう。どうしてやるのがいいのだろう。私生児という言葉をフミは呑み込む。自分だけが、そのことにこだわりを持っているようなのが、意外でもあり恥ずかしい。ばっちゃも、界隈のおばさんたちも、道義的な問題を見事に蹴飛ばして、誕生そのものに目と心を注いでいる。誰も、誰の子かと聞かなかった。男の役目は終わったようだった。女たちは、まるで自分に授かったかのようなあり難さで、赤子の誕生をよろこびあった。

あとがき

空箱（からばこ）に惹かれる。持ち上げたときの、意外な軽さ。わかっているのになぜか驚く。心がすうっと、空（くう）に吸い込まれる。

夏、蟬の抜け殻（がら）を路上に見つける。拾わずにはいられない。

弁当がら、という言葉を、岡井隆さんの詩集で知った。カラの弁当箱のことなら、長く知っていた。なのにまさか、それに名前があるとは思わなかった。亡骸（なきがら）という言葉を連想する。死んだあと、人は軽くなるのだろうか。

空（から）メールを送る、ということがある。虚しいが、いい。響きも好きだ。

そしてグロテスクな牡蠣の殻、あれは何だろう。時間の屋根か。

貝殻、浜辺にいくらでも落ちている貝殻。身のぬけた、から。

空、殻、骸、虚。

そうだった、そういうものに、ずっと惹かれてきた気がする。

本書には、七つの短篇をおさめた。冒頭の一篇「がらがら、かきがら」は、本書のために書いた。牡蠣の季節は終わりかけていたが、わたしはこれが最後かと思いながら牡蠣フライをつくり、同じとき、新型コロナウィルスが、世界中を静かに侵し始めていた。わたしは、店頭にあれば牡蠣を買い、再びこれが最後かと思って牡蠣フライをつくり、深海魚のようなきもちで、一人、短篇を書きながら、耳の奥に、「がらがら」という音を聞いた。牡蠣殻と牡蠣殻とが、ぶつかる音だ。空白を押しつぶす、崩壊の音。しかし妙に、力の湧き出る音である。

「がらがら、かきがら」以外の六篇は、さまざまな場所に、ばらばらに書いた。一冊にまとめる途上で、それぞれが枝葉を伸ばし、互いが互いと、つながろうとしているように見えた。そこで、別々の鉢に植えられていた植物の、鉢を破壊し、同じ庭に地植えしてみる、ということをした。それにより、各篇には少なくない修正を施すことになった。

ここに描かれた「場所」は、かつてわたしが歩いたことのある土地のようにも思える。だが、ここに描かれている「時間」については、よくわからない。少し先の未来のようで、すでに経験した過去のようでもある。今迫る危機、これから来る災害。事故、事件。すべて、我が事だ。鬱々としてくるが、鬱のなかによじれた、塩辛い荒縄のような希望が、わたしのなかにはまだ残っていた。

＊

初出および引用・参考文献は次のとおりです。引用中、ルビを補ったものがあります。

がらがら、かきがら　書き下ろし

○三木麻子『源実朝』（コレクション日本歌人選051　笠間書院　二〇一二）

○今関敏子『実朝の歌　金槐和歌集訳注』（青簡舎　二〇一三）

ぶつひと、ついにぶたにならず　群像　二〇二〇年一月号

地面の下を深く流れる川　三田文学　二〇一九年秋季号

○『新版　平家物語　全訳注　四』（杉本圭三郎　講談社学術文庫　二〇一七）

○慈円『愚管抄　全現代語訳』（大隅和雄訳　講談社学術文庫　二〇一二）

○吉本隆明『源実朝』（ちくま文庫　一九九〇）

○アルチュウル・ランボオ『ランボオ詩集』（小林秀雄譯　創元ライブラリ　一九九八）

○吉村生・髙山英男『暗渠マニアック！』（柏書房　二〇一五）

ブエノスアイレスの洗濯屋　群像　二〇一六年三月号

聖毛女　群像　二〇一五年八月号　＊「板の顔」改題

古代海岸　三田文学　二〇一六年夏季号　＊「捨子」改題

匙の島　第一回宮古島文学賞二席　二〇一七年

初出誌でお世話になりました方々に、改めてお礼を申し上げます。

一冊にまとめるにあたっては、幻戯書房の田口博さんに、内容、構成において、大きな力をいただきました。心からの感謝を。ありがとうございました。

小池昌代

二〇二〇年七月

小池昌代（こいけまさよ）

詩人、小説家。昭和三十四年（一九五九）、東京深川生まれ。津田塾大学卒。詩集に『永遠に来ないバス』（現代詩花椿賞）、『もっとも官能的な部屋』（高見順賞）、『夜明け前十分』、『ババ、バサラ、サラバ』（小野十三郎賞）、『コルカタ』（萩原朔太郎賞）、『野笑　Noemi』、『赤牛と質量』等。小説集に『感光生活』、『裁縫師』、『タタド』（表題作で川端康成文学賞）、『ことば汁』、『怪訝山』、『黒蜜』、『弦と響』、『自虐蒲団』、『悪事』、『厩橋』、『たまもの』（泉鏡花賞）、『幼年　水の町』、『影を歩く』等。エッセイ集に『屋上への誘惑』（講談社エッセイ賞）、『産屋』、『井戸の底に落ちた星』、『詩についての小さなスケッチ』、『黒雲の下で卵をあたためる』等。他、編者として詩のアンソロジーに『通勤電車でよむ詩集』、『おめでとう』、『恋愛詩集』等。また、『池澤夏樹＝個人編集　日本文学全集02』「百人一首」の現代語訳と解説を手がけ、『ときめき百人一首』等も刊行。

かきがら

二〇二〇年九月一一日　第一刷発行

著　　者　小池昌代
発 行 者　田尻　勉
発 行 所　幻戯書房
郵便番号一〇一－〇〇五二
東京都千代田区神田小川町三－十二
電　話　〇三－五二八三－三九三四
ＦＡＸ　〇三－五二八三－三九三五
ＵＲＬ　http://www.genki-shobou.co.jp/

印刷・製本　中央精版印刷

ISBN978-4-86488-204-0 C0093

低反発枕草子　平田俊子

春は化け物……東京・鍋屋横丁ひとり暮らし。三百六十五日の寂しさと、一年の楽しさ。四季おりおりの、ささやかな想いに随いて、詩人が切りとる、日常のなかに隠れた景色。「アンチ・クリスマスのわたしは毎年十二月二十四日は一人で部屋にいてお茶漬けをすすっている」。 2,400 円

黒猫のひたい　井坂洋子

深く、深く眠れる日々を――「私たちは無垢なものに触れていないと生きてはいけないが、それらを守っているのだろうか。私たちのほうが逆に、草木や小動物や赤ん坊や死者や詩や音楽の、非力な力に守られている」。ちいさな闇のなかの居場所とは。単行本未収録随想集。 2,400 円

東十条の女　小谷野敦

自分とセックスしてくれた女に対しては、そのあと少々恐ろしい目に遭っていても、感謝の念を抱いている――婚活体験を描く表題作のほか谷崎潤一郎と夏目漱石の知られざる関係、図書館員と作家の淡い交流、歴史に埋もれた詩人の肖像など 6 篇。〈いまの文学〉に不満な読者のための〈ほんとうの文学〉。 2,200 円

骨なしオデュッセイア　野村喜和夫

ところが、もう遅い、骨の先端に咲いたのは、私のではなく、他人の顔だった――背骨をベッドに残して夢遊へと去った男、残された背骨に水をかけ骨栽培する女。幻想小説、あるいは、長編散文詩。戦後世代を代表する詩人による、詩と小説を融合させる試み。 3,200 円

離人小説集　鈴木創士

もう同じ場所ではありえない元へ――芥川龍之介、内田百閒、アルチュール・ランボー、稲垣足穂、フェルナンド・ペソア、原一馬、アントナン・アルトー、小野篁……〈幻視者たち〉がさすらう、めくるめき文学草子。〈分身〉としての世界文学史、著者初の書き下ろし小説集。 2,900 円

少し湿った場所　稲葉真弓

水のにおいに体がなじむのだ――2014 年 8 月、著者は最期にあとがきをつづり、逝った。猫との暮らし、住んだ町、故郷、思い出の本、四季の手ざわり、そして、「半島」のこと。循環という漂泊の運命のなかに、その全人生をふりかえった遺作、単行本未収録随想集。愛蔵版。 2,300 円